La joie d'Abby

SHIRLEY JUMP

La joie d'Abby

Traduction française de
HÉLÈNE ARNAUD

Harmony

HARLEQUIN

Titre original :
THE FAMILY HE DIDN'T EXPECT

HARPERCOLLINS FRANCE
83-85, boulevard Vincent-Auriol, 75646 PARIS CEDEX 13
Service Lectrices — Tél. : 01 45 82 47 47 - www.harlequin.fr
ISBN 978-2-2804-4837-6 — ISSN 2740-3548

Composé et édité par HarperCollins France. Achevé d'imprimer en février 2021.
par CPI Black Print - Barcelone - Espagne
Dépôt légal : mars 2021.

MIXTE
Papier issu de sources responsables
FSC® C159065

Pour limiter l'empreinte environnementale de ses livres, HarperCollins France s'engage à n'utiliser que du papier fabriqué à partir de bois provenant de forêts gérées durablement et de manière responsable.

1

Dylan Millwright, installé dans sa jeep garée au sommet de la colline, contemplait le paysage, pensif. Devant lui, dans la douce lumière de cette soirée d'octobre, s'étendait la ville de Stone Gap, Caroline du Nord.

À huit ans, il avait gravi cette colline et avait eu l'impression d'avoir atteint le sommet de l'Everest. À seize ans, il y avait amené Mary Alice Hathaway et avait confondu pour la première fois désir et amour. À dix-sept ans, il avait abandonné le lycée et était monté une dernière fois sur cette colline, jurant de ne plus jamais remettre les pieds dans la petite ville où il avait grandi.

Cet exil avait duré bien plus de dix ans. Puis son oncle Ty lui avait téléphoné. Il avait juste dit : « J'ai besoin de toi, fiston. » Et Dylan avait tout abandonné pour revenir. Très peu de personnes au monde étaient capables de le pousser à faire une chose pareille, et son oncle Ty figurait au sommet de la liste.

Dylan ne savait pas combien de temps il allait rester, cette fois, ni ce que lui voulait son oncle, mais cela n'avait pas d'importance. Il avait l'habitude de vivre au jour le jour, sans connaître d'engagements plus formels qu'une bonne poignée de main.

Il jeta un dernier coup d'œil à la ville et prit une profonde inspiration. Puis il remit le contact et descendit jusqu'au centre-ville.

Stone Gap n'avait pas vraiment changé depuis tout ce temps, comme si la ville entière était piégée dans une faille temporelle. Le salon de coiffure de Sadie se trouvait toujours à l'entrée de Main Street, puis il y avait le glacier, le garage Gator, la boulangerie-pâtisserie de Betty, Joe, le vieux barbier…

Une petite ville d'Amérique typique, où tout le monde se connaissait.

Avec un peu de chance, Dylan ne serait pas obligé de passer beaucoup de temps coincé dans ce tableau de Norman Rockwell.

Il s'arrêta un instant au croisement de Juniper Street, prit à gauche puis se gara sur le parking d'un long bâtiment. La peinture blanche s'écaillait, et on apercevait quelques tuiles cassées sur le toit. La pluie matinale avait rendu au gazon son vert éclatant et avait éparpillé quelques branches par terre. Le panneau, près de l'entrée, était plus décoloré que dans le souvenir de Dylan, mais les mots peints dessus étaient restés les mêmes, promesse d'un refuge sur lequel il pourrait toujours compter :

CENTRE COMMUNAUTAIRE ET FAMILIAL MILLWRIGHT

Oncle Ty et tante Virginia, qui n'avaient jamais eu d'enfants, avaient ouvert le centre près de vingt ans plus tôt, offrant ainsi un sanctuaire à tous les jeunes qui en avaient besoin. Des gamins de toute la ville s'y réunissaient le soir après les cours et les samedis, remplissant les salles de jeu et le terrain de basket. Dylan lui-même avait passé de nombreux après-midi ici, souvent pour fuir les disputes de ses parents ou lorsqu'on l'avait puni pour avoir enfreint une règle de plus – voire dix ! Oncle Ty et tante Virginia l'avaient toujours accueilli à bras ouverts.

Mais, un mois plus tôt, cette dernière était morte. Dylan

était en pleine randonnée dans le Colorado et n'avait appris la nouvelle qu'après l'enterrement. Puis son oncle l'avait appelé, la voix brisée par le chagrin, pour lui demander son aide.

Il entra dans le centre, laissant à ses yeux quelques secondes pour s'habituer à la lumière moins vive et à ses oreilles le temps de s'adapter au brouhaha qui régnait à l'intérieur. Deux adolescents jouaient au ping-pong sur la vieille table. Deux autres étaient agglutinés devant les consoles de jeux un peu vieillottes. Un petit groupe était vautré sur les canapés de cuir craquelé, occupé à regarder un match de football. Ils le remarquèrent à peine.

Sur la gauche, autour des tables en Formica, quatre enfants, plus jeunes, étaient en train de patauger dans la colle et les perles sous la houlette de Mavis Beacham.

Dès qu'elle l'aperçut, Mavis se leva et se précipita vers lui, un grand sourire aux lèvres.

— Je n'en crois pas mes yeux ! Dylan Millwright ! Qu'est-ce que tu fais ici ?

Sans lui laisser le temps de répondre, elle le serra fort contre elle. Mavis était une femme imposante, l'incarnation même de la bonté. C'était une voisine de ses parents, et elle avait toujours trouvé un peu de temps pour son frère et lui. Il se souvenait encore du pot de bonbons à la menthe qu'elle gardait près de sa porte d'entrée pour tous les visiteurs.

— Dis-moi que tu vas t'installer à l'auberge pendant ton séjour, reprit-elle. Della Barlow et moi avons transformé la vieille maison de Gareth Richardson en un vrai petit nid, tu vas adorer !

Mavis savait bien qu'il ne poserait jamais ses valises chez son frère. Elle les connaissait bien et avait été témoin des nombreuses disputes entre eux, autrefois.

Dylan sourit.

— Je n'envisageais même pas d'aller ailleurs, Mavis, répondit-il.

Elle prit son visage entre ses mains pour mieux le regarder.

— Je suis contente que tu sois enfin rentré à la maison, Dylan. Vraiment contente. Ton oncle a besoin de toi.

— Je suis aussi heureux d'être ici, Mavis.

Il ne releva pas son emploi du mot « maison ». Elle avait toujours adoré Stone Gap – beaucoup plus que lui – et il préférait ne pas la vexer, se contentant de déposer un petit baiser sur sa joue.

Oncle Ty était assis dans son bureau, derrière une grande vitre fumée. Il leva les yeux, l'aperçut et le salua d'un un geste de la main avant de s'extirper de sa chaise pour le rejoindre.

— Dylan ! Tu es là !

Dylan traversa la salle et embrassa son oncle. Celui-ci mesurait presque un mètre quatre-vingts et avait autrefois été aussi large que haut. Mais depuis leur dernière rencontre, il avait bien dû perdre dix kilos. Son visage restait néanmoins chaleureux et, si ses cheveux étaient plus gris, plus fins et bien moins nombreux qu'autrefois, il avait toujours fière allure pour un homme de soixante ans.

— Ça me fait du bien de te voir, oncle Ty.

— Moi aussi, fiston. Moi aussi, répondit-il en lui tapotant le dos. Tu m'as manqué.

— Tu m'as manqué aussi. Je suis tellement désolé, pour tante Virginia.

En un instant, les yeux d'oncle Ty s'emplirent de larmes.

— Elle était unique, tu sais. Dieu sait si je l'aimais…

— Tous ceux qui la connaissaient l'aimaient.

Tante Virginia avait toujours été la générosité faite femme. Elle était le genre de personne capable d'accueillir un parfait inconnu chez elle le samedi soir pour lui offrir une assiette de grillades et de haricots. Le genre de personne à tricoter des couvertures pour les sans-abri et à préparer des tourtes chaudes pour les nécessiteux. C'était elle, le pilier du centre communautaire. Même si les grandes salles grouillaient toujours de gamins, on avait l'impression que l'air s'y faisait rare, désormais.

— Le centre est toujours aussi animé, fit remarquer Dylan. Rien n'a changé depuis que j'y venais.

Oncle Ty eut un petit rire.

— Tu me connais. Je ne change jamais une équipe qui gagne.

Puis son sourire s'effaça, et il passa un bras autour des épaules de son neveu, l'entraînant vers le bureau.

— Merci d'être venu dès que je t'ai appelé, reprit-il à voix basse. Je n'arrive pas à gérer cet endroit tout seul. Tu connaissais Virginia. Elle était mon bras droit et mon bras gauche. Je suis… perdu, sans elle.

Dylan pouvait en effet le voir dans ses yeux, l'entendre à sa voix. Jamais il n'avait connu de couple plus soudé que Ty et Virginia. Ils filaient le parfait amour, celui des films et des romans. Seulement maintenant, Virginia n'était plus là, et Ty ressemblait à un naufragé abandonné sur une île déserte.

— Je suis là pour toi, répondit Dylan. J'ai deux semaines de libres avant de retourner dans le Maine pour préparer un gros chantier. Je pourrais commencer par faire quelques travaux de maintenance ou bien…

— En fait, j'aimerais que tu travailles avec les enfants. Aujourd'hui, au moins. Je… La journée est difficile, pour moi, et je ne m'en sens pas capable.

Dylan tressaillit. Avait-il bien entendu ?

— Travailler… avec les enfants ? Moi ?

Oncle Ty passa la main dans ses cheveux rares. Son visage était ridé, ses yeux, fatigués. Son sourire habituel avait complètement disparu, comme s'il l'avait égaré quelque part.

— Oui, répondit-il. Moi, je ne peux pas. Ce n'est pas que je n'aime plus ces gamins ou mon travail, mais c'est trop pour moi, en ce moment. Comment suis-je censé remettre la vie de tous ces enfants sur les rails, quand je suis incapable d'en faire autant pour la mienne ? Je fais ce que je peux pour les livres ou pour nettoyer les sanitaires, mais…

— Oncle Ty, je n'ai pas de diplôme en psychologie infantile comme tante Virginia, ni ton expérience du social.

— Non, mais tu as du vécu. Et, parfois, c'est la meilleure thérapie au monde, pour ces gosses.

Oui, il avait du vécu, mais ce n'était pas le genre d'expérience qu'il souhaitait faire partager à ces jeunes. Il ne voulait pas les voir, comme lui, fuir leur foyer à dix-sept ans, ou faire du stop jusqu'en Californie en survivant grâce aux petits boulots disponibles sur la route. Au début, il avait été arrêté plusieurs fois par la police, pour vagabondage ou consommation d'alcool avant l'âge légal, puis il avait passé son temps à explorer le pays, sans jamais se fixer nulle part. Il avait travaillé sur des bateaux de pêche en Floride, dans des cultures de pommes de terre en Idaho, dans la construction au Minnesota. Comment pourrait-il dire à ces gamins de se poser et de travailler dur pour obtenir ce qu'ils voulaient sans passer pour un hypocrite ? Et d'ailleurs, il n'y connaissait rien, en vie normale.

— Je ne crois pas que je pourrai, oncle Ty. Je ne suis pas taillé pour ce travail.

— C'est ce que tu penses, je sais. Mais tu es plus qualifié pour ça que tous les gens que je connais. Tu as grandi ici.

— Et je n'ai pas exactement décroché un prix Nobel !

— Non, mais tu es devenu un homme bien, fiston.

Dylan secoua la tête. S'il devait choisir un terme pour se décrire, ce ne serait sans doute pas celui-ci !

— Tu ne peux pas embaucher quelqu'un pour t'aider ? s'enquit-il. Quelqu'un qui aurait au moins un diplôme ?

— Tu sais que l'on n'a jamais eu beaucoup d'argent pour gérer ce centre. Je ne peux pas engager quelqu'un et lui demander de travailler pour des cacahuètes.

Il posa une main sur son épaule et ajouta :

— Essaie, au moins. Pour moi, Dylan. S'il te plaît.

Dylan observa un instant son oncle sans répondre. Les épaules de Ty étaient voûtées, et son regard avait quelque chose d'absent, un vide qu'il n'avait encore jamais vu chez lui, comme s'il n'était plus qu'une photo fanée. Il avait perdu l'amour de sa vie, et la tristesse avait effacé toutes les couleurs de son monde.

— D'accord, finit-il par lâcher d'une voix faussement convaincue. Tu peux compter sur moi, mais ce ne sera que temporaire, OK ?

Il n'avait jamais été le genre d'homme sur lequel les gens comptaient. Surtout dans cette ville. Autrefois, on ne l'appelait que pour lui demander de filer vite fait acheter une bouteille d'alcool le vendredi soir, ce genre de choses.

Un soulagement indescriptible illumina le visage de son oncle.

— Merci, fiston. Ça ne durera que quelques jours, je te le promets. J'ai juste besoin de me retrouver un peu, tu comprends ? Sans Virginia, je ne suis que… la moitié de moi-même.

Ty et Virginia avaient connu un bonheur que beaucoup cherchent et que peu de personnes trouvent. Dylan, lui, n'en espérait pas tant. Il ne voulait se lier ni aux gens, ni aux lieux. Il était à Stone Gap pour quelques jours et il n'avait pas l'intention de prolonger son séjour au-delà du strict nécessaire. Il n'était toujours pas sûr d'être capable d'accomplir la mission que lui confiait son oncle, mais en laissant quelques jours à Ty pour se retourner, il avait bon espoir que les choses reviennent vite à la normale.

Réprimant un soupir, il abandonna son sac à dos dans un coin du bureau, derrière une pile de cartons et la plus impressionnante collection au monde de papier coloré, et se tourna vers son oncle.

— Dis-moi ce que je dois faire.

— Les petits sont en de bonnes mains. Mavis leur fait

créer un truc avec des perles, répondit Ty en indiquant d'un geste la table ronde où trônait l'imposante Mavis.

Les gamins lui tournaient autour comme des fourmis attirées par du miel et, à en croire le rayonnement de son visage, elle était aux anges.

— Elle était extra, quand j'étais petit, remarqua Dylan. Je suis content qu'elle fasse toujours du bénévolat ici.

— Moi aussi. Mais elle a moins de temps libre depuis qu'elle a ouvert l'auberge avec Della Barlow.

Ty lui montra les canapés.

— Tu n'as qu'à t'occuper des ados, d'accord ? Les autres devraient bientôt arriver. Tout ce que tu as à faire, c'est les pousser à parler et, crois-moi, ils ne s'arrêteront plus. Rappelle-leur bien de rester positifs.

— Oncle Ty…

Ty l'interrompit en posant une main ferme sur son bras.

— Tu as été à leur place, tu as entendu les mêmes choses qu'eux et tu as transgressé les mêmes règles. Mais tu as fini par ouvrir les yeux et à décrocher un bon poste dans cette entreprise du Maine. Je suis sûr que tu es le mieux placé pour te lier à eux.

Son oncle avait raison sur un point : s'il avait réussi une chose dans sa vie, c'était bien sa crise d'adolescence ! Il avait piétiné à peu près toutes les règles imposées par ses parents et une partie des lois de Caroline du Nord. Il savait parfaitement comment faire des erreurs et s'en tirer indemne. Ces gamins, affalés sur les coussins comme des sacs de grain, seraient incapables de lui jeter de la poudre aux yeux. Et, qu'ils en aient conscience ou non, ils avaient beaucoup en commun avec lui.

La porte d'entrée du centre s'ouvrit soudain, et une jeune femme brune, tout en jambes et portant une sacoche à la main, apparut. Elle était suivie par un garçon d'environ quatre ans qui chantait à tue-tête et un adolescent boudeur qui semblait tout faire pour disparaître sous la capuche grise de son sweat-shirt. Le plus jeune se mit à courir vers Mavis tandis que le plus grand s'adossait au mur, près de la porte.

Dylan ne quittait pas la jeune femme des yeux.

Elle était… stupéfiante. C'est le seul mot qui lui vint à l'esprit.

Elle avait de longs cheveux bruns qui retombaient. Ses yeux étaient cachés par une paire de lunettes de soleil, mais elles ne suffisaient pas à masquer ses traits fins, aussi délicats que les tasses en porcelaine de tante Virginia. Elle portait une jupe bleu marine, un chemisier blanc aux manches retroussées et un sautoir rouge vif qui rebondissait à chacun de ses pas. Et puis il y avait ses chaussures à talons bleu sombre, hautes, vertigineuses, qui mettaient en valeur ses jambes interminables… et allumèrent un feu inattendu dans le corps de Dylan.

— Désolée pour le retard, Ty, dit-elle en s'avançant.

Elle passa devant Dylan comme s'il n'existait pas.

— Je suis sortie du bureau un peu tard, et il a fallu que je parte à la recherche de Cody qui, comme d'habitude, n'était pas où il était censé être.

Elle souffla sur une mèche qui était retombée devant ses yeux et soupira.

— Ce gosse va finir par me tuer…

Oncle Ty posa la main sur son épaule avec douceur.

— Tout va bien, Abby, ne t'en fais pas. Cody va s'installer avec les autres, et Jake est déjà en train de patauger dans une mare de glu.

Elle jeta un rapide coup d'œil à la table où Jake était déjà assis devant un arc-en-ciel de perles et une feuille de papier bleu. Mavis adressa à la jeune femme un petit signe, comme pour lui dire : « Je gère. »

— OK, murmura Abby avec un nouveau soupir. Si ça ne te dérange pas, je dois encore travailler un peu sur un dossier. Je peux ?

Elle indiqua le bureau de Ty d'un signe de tête et lui sourit.

Étrangement, ce sourire adressé à son oncle rendit Dylan un peu jaloux.

— Bien sûr, ma belle. Installe-toi au calme. Mais d'abord, je voudrais te présenter mon neveu, Dylan Millwright. Dylan, voici Abigail Cooper, mais tout le monde l'appelle Abby. Abby, mon neveu. Il va m'aider avec les plus grands pendant quelque temps.

Pour la première fois de sa vie, Dylan regretta de ne pas être le genre de type à porter un costume cravate. Son jean usé, son vieux T-shirt de concert et ses bottes de cuir noir n'arrivaient pas à la cheville de la femme élégante et soignée qui lui faisait face.

— Ravi de faire ta connaissance, dit-il en lui tendant la main.

Elle la serra avec une énergie surprenante pour une femme aussi fine et délicate. Hélas, aucun sourire ne vint illuminer son visage. Elle restait courtoise mais distante.

— De même, répondit-elle machinalement.

Dylan aurait voulu dire quelque chose de drôle, mais tandis qu'il cherchait des paroles plus palpitantes que : « Euh… Tu es belle », elle tourna les talons et se dirigea vers le bureau de Ty. Quelques instants plus tard, la porte de verre se refermait sur elle, et elle s'installait devant le bureau. Elle sortit un ordinateur portable de son cartable et se mit à taper.

— Tu la regardes, je le vois bien fiston, murmura oncle Ty. Et je vois aussi l'intérêt qui brille dans tes yeux. Laisse-moi toutefois mettre une chose au point tout de suite. Abby n'est pas…

— Le genre de femme à sortir avec un type comme moi ?

Ty plongea son regard dans le sien, et ses rides inquiètes s'adoucirent.

— Je n'allais pas dire ça. Tu es un homme bien, Dylan.

Dylan ne put s'empêcher de rire.

— Un homme bien, oui, répéta Ty en insistant sur

chaque mot. Si ce n'était pas le cas, je ne t'aurais pas fait venir ici. Ce que je voulais te dire, en ce qui concerne Abby, c'est que sa vie est… compliquée. Elle jongle avec beaucoup de responsabilités et elle n'a aucune envie de voir un homme mettre son nez dans ses affaires. Son ex était un vrai salopard, tu comprends. Il l'a abandonnée avec les garçons sans même un regard en arrière.

— Je ne suis pas venu pour sortir avec qui que ce soit, répondit Dylan en tournant le dos au bureau pour bien mettre les choses au clair. Ne t'en fais pas pour ça.

Hélas, alors qu'il quittait son oncle pour rejoindre le groupe d'adolescents étalés sur les canapés, il eut un doute. Serait-il toujours aussi catégorique si Abby Cooper posait sur lui un regard vaguement intéressé, la prochaine fois ? Quoi qu'il en soit, il n'avait absolument pas envie de se lier à une mère célibataire de petite ville abonnée à son travail. Elle était clairement le contraire de lui.

Il se laissa tomber au fond du grand fauteuil que l'on avait installé devant les canapés et se pencha, les coudes sur les genoux.

— Salut, les gars. Je m'appelle Dylan. Ça vous dit, une petite conversation sur l'art de transgresser les règles ?

Abby relut le rapport qui défilait sur son écran. Elle avait passé presque toute la journée à le rédiger avec soin, mais quelque chose n'était pas encore au point. Avait-elle raté des données essentielles ? Oublié d'ajouter l'étude d'un détail précis ? Elle vérifia de nouveau chaque point de sa liste, puis relut les pages une dernière fois.

Depuis qu'elle avait accepté le poste de directrice du développement de marques chez Davis Marketing – une sacrée promotion –, elle craignait d'avoir eu les yeux plus gros que le ventre. Ses patrons allaient-ils se rendre compte qu'elle n'était qu'un imposteur, qu'elle n'avait pas les épaules pour ce travail ?

Parce que c'était le cas.

Elle avait passé toute sa vie à faire semblant de pouvoir assurer, quoi qu'il arrive, alors que ce n'était bien souvent pas aussi simple. Se lever le matin pour tirer Cody du lit, préparer le petit déjeuner de Jake, mettre Cody à la porte et prier pour qu'il aille bien au lycée, cette fois, au lieu de traîner toute la journée quelque part avec ses copains. Puis déposer Jake à l'école maternelle, s'assurer qu'il avait bien son goûter et des vêtements de rechange en cas d'accident à la garderie, puis vérifier qu'il n'y avait aucun rendez-vous qu'elle aurait pu oublier après l'école. Après tout cela, courir enfin jusqu'au bureau. Huit ou neuf heures plus tard, rentrer à la maison en répétant tout le processus dans l'autre sens. En plus de tout cela, elle était aussi censée préparer des repas sains et équilibrés, veiller à ce que la maison reste impeccable, s'occuper de la toilette du soir et lire des histoires à Jake. Sans compter les « moments à soi » avec des bains moussants saupoudrés de pétales de rose et des romans ambitieux à lire.

Parce que c'était ce que les femmes qui réussissaient faisaient de leurs journées, d'après les magazines. Bien sûr, elle était encore loin de cet idéal, mais elle ne comptait pas relâcher ses efforts.

Soudain, elle sentit ses yeux s'emplir de larmes, et son cœur s'emballa sous le coup d'une montée de panique. Elle prit une profonde inspiration, compta jusqu'à 10 puis refoula son émotion. Ce n'était pas le moment de craquer.

Elle relut une dernière fois son dossier, cliqua sur le bouton d'envoi puis referma son ordinateur.

Elle avait encore des choses à faire avant de considérer sa journée comme terminée, mais cela pourrait attendre le coucher de Jake. Bien sûr, cela l'obligerait à veiller tard une fois de plus, mais sa culpabilité maternelle la taraudait plus que jamais depuis que Jake lui avait demandé si elle allait encore travailler avec cette moue déçue et ses grands yeux tristes.

Elle sortit du bureau de Ty et s'approcha de la table des petits. Deux autres gamins étaient arrivés. Ils étaient à présent sept, assis sur leurs petites chaises de part et d'autre de Mavis.

— Comment ça va, Mavis ? demanda-t-elle en posant sa main sur l'épaule de cette dernière.

— Très bien, très bien, répondit Mavis en tapotant ses doigts avec tendresse.

Elle se retourna vers les enfants avec un grand sourire et ajouta :

— Après tout, j'ai une pleine tablée de chatons…

— On n'est pas des chatons, Miss Mavis ! protesta Jake.

Abby sourit. Son fils était toujours prêt à rire ou à jouer. Et il ne s'arrêtait de parler que lorsqu'il dormait !

— Je ne sais pas, Jakester, dit-elle en lui ébouriffant les cheveux. Dis-moi, tu bois du lait, non ?

— Oui…

— Et tu dors beaucoup ?

Jake rit et pencha la tête sur le côté. Une de ses boucles retomba sur son front.

— C'est parce que je suis fatigué.

— Et tu as un sacré pelage, ajouta Abby en caressant de nouveau sa tignasse brune.

— Maman, ce sont des cheveux ! Je suis un petit garçon !

Elle se recula, fit semblant de l'examiner sous toutes les coutures, sourcils froncés.

— Ah oui, tu as peut-être raison, après tout. Maintenant que j'y réfléchis bien, je vois que tu es un vrai petit garçon. Et mignon, en plus !

Elle sourit à Mavis puis déposa un baiser sur le front de son fils.

— Continue ton dessin, mon cœur. Je reviens tout de suite.

Elle traversa la salle et s'arrêta près de la fontaine à eau. Elle y remplit un gobelet et prit son temps pour boire, histoire de voir comment Cody se comportait.

Cody avait eu beaucoup de mal à accepter le départ soudain de son père, quatre ans auparavant. Lorsque Keith était parti pour la première fois, Cody n'avait que deux ans. Huit ans plus tard, Keith était revenu pour donner une seconde chance à leur couple, et Cody avait fait de son père son héros. Le problème, c'était que Keith n'avait jamais pris ses responsabilités de père au sérieux.

Cody venait de fêter ses douze ans et s'était endormi dans un monde parfait, parce qu'il avait reçu un vélo neuf et un jeu pour sa Xbox. Le lendemain, à son réveil, il y avait une place vide à la table du petit déjeuner et une tache d'huile dans l'allée, là où Keith avait l'habitude de garer sa Malibu.

Keith avait de nouveau claqué la porte, laissant Abby seule avec Jake nouveau-né, quarante dollars sur leur compte en banque, une pile de factures aussi haute qu'elle et la tâche herculéenne qui consistait à expliquer à Cody que son père était parti mais qu'il l'aimait toujours.

Parfois, elle était tentée d'aller voir son ex-mari pour lui faire payer tout ce qu'il avait fait subir à leur famille. Bien sûr, quand il était revenu vers elle, elle avait vite compris qu'il rêvait de s'en aller de nouveau, mais elle n'avait pas envisagé un seul instant qu'il le ferait vraiment. Qu'il partirait vivre avec cette étudiante de vingt ans qu'il appelait « l'amour de sa vie ».

Keith était un homme irresponsable et égoïste, deux traits de caractère qu'elle avait sciemment ignorés pendant de trop longues années. Elle s'était convaincue qu'il finirait par changer, qu'il s'installerait quelque part, ferait carrière au lieu d'enchaîner les petits boulots et deviendrait enfin le père idéal qu'elle avait voulu voir en lui. Quelle idiote !

Elle avait eu tort sur toute la ligne.

Elle s'adossa au mur, près de la fontaine, son gobelet à la main, et regarda Cody. Il était vautré dans un coin de l'un des canapés, le visage déformé par son éternelle moue boudeuse, en colère. L'image même d'un adolescent de seize ans convaincu que sa vie était nulle.

À sa gauche était assis Dylan Millwright, le neveu de Ty. Il était plutôt bel homme. Grand et musclé, avec des cheveux bruns et des yeux marron vert. Abby l'avait peut-être à peine remarqué à son arrivée, mais maintenant...

Quelque chose en lui donnait une impression de rébellion. Peut-être ses bottes usées, son jean déchiré ou son T-shirt aux motifs fanés. On aurait pu le prendre pour un de ces héros de contes de fées modernes, qui fonçait sur sa moto et enlevait l'héroïne solitaire pour l'emmener vivre de nouvelles aventures.

Ce genre d'hommes qui n'étaient pas faits pour vivre en couple et faisaient des maris déplorables. Leur passage était aussi furtif que les chaleurs printanières, et ils pliaient bagage au premier coup de vent.

— Hé, Cody. Tu veux ajouter quelque chose ? demanda Dylan.

Cody haussa les épaules et se tassa un peu plus contre les coussins, comme s'il espérait disparaître de la surface du monde.

— On ne fait que parler, insista Dylan.

L'un des autres gosses, un blondinet tatoué portant un T-shirt de Kurt Cobain, se pencha en avant.

— Ouais, on parle de filles, ce genre de trucs.

Un autre garçon affublé d'une tignasse brune et d'un T-shirt blanc sale se cala contre son accoudoir.

— Ma copine est en rogne depuis ce matin. J'ai passé la journée à l'isolement, et elle pense que je l'ai fait exprès.

« L'isolement », en argot scolaire, c'était les heures de retenue. Abby connaissait bien ce mot, grâce à Cody qui était un abonné de la salle de colle !

Elle s'appuya un peu plus contre le mur, attendant de voir où cette conversation allait mener.

— Et elle a vu juste ? demanda Dylan.

Le gamin à la tignasse brune renifla avec mépris.

— Bien sûr que non. Personne ne se fait coller exprès.

Dylan se mit à rire.

— Certains d'entre nous l'ont fait, dit-il.

— Qu'est-ce que tu sais de nos vies, mec ? demanda le gamin au T-shirt Kurt Cobain. Qu'est-ce que t'as fait, au lycée ? T'as sauté un cours ? T'as eu une mauvaise note ?

— Oh ! Je vous ressemblais beaucoup, les gars. Moi aussi, j'étais en colère et convaincu que j'en savais plus long que les adultes, répondit Dylan. Maintenant, je…

— Laisse-moi deviner, le coupa Cody.

Il avait repoussé sa capuche, dévoilant les mêmes boucles brunes que son père et son petit frère, sauf qu'il les portait longues sur le dessus et rasées sur les côtés.

— Tu as mûri, tu as trouvé un bon boulot, t'as une belle maison dans un lotissement et tu tonds bien ton gazon le samedi, c'est ça ? demanda-t-il. Matt a raison. Tu ne sais rien de nos problèmes.

— Je ne prétends pas être un expert et je sais que vous me trouvez tous trop vieux pour comprendre, expliqua Dylan d'une voix calme. Je suis juste un type qui a fait un certain nombre d'erreurs, quand il était jeune.

— Ça ne veut pas dire que tu sais quelque chose sur nous, grommela Matt.

— C'est vrai. Mais parler de sa vie ne fait de mal à personne, n'est-ce pas ? Vous avez peut-être des choses à m'apprendre, répliqua Dylan avec un haussement d'épaules nonchalant. Alors, parlons.

— Parler ne change rien, marmonna Cody. C'est du temps perdu.

— Hé, je comprends que vous n'ayez pas envie de rester assis là, à discuter de votre vie. Je ne suis pas très bavard moi-même. Mais se planquer dans son coin et râler contre le monde entier ne change rien non plus, répondit Dylan en les regardant tour à tour. Et je parie que vous avez tous une liste de choses que vous aimeriez changer, dans votre vie. Donc, une fois de plus : parlons.

Abby n'aurait pas été plus surprise si Dylan s'était soudain levé pour entonner l'hymne national à pleins poumons. En le voyant habillé comme ça, elle ne l'aurait jamais cru aussi intelligent et intuitif face à ces adolescents. Il avait retenu leur attention. Elle vit une pointe de couleur monter aux joues de Cody et une étincelle d'intérêt dans ses yeux. Deux choses qu'elle n'avait plus observées chez son fils depuis bien longtemps…

Elle serra le gobelet si fort dans sa main qu'il se froissa. Elle s'en rendit à peine compte. Tout ce qu'elle voulait, c'était voir son fils s'ouvrir enfin au monde, cesser de se réfugier dans sa bulle.

— Peu importe, vieux, marmonna Cody avant de se lever et de rabattre sa capuche sur sa tête. Je ne suis pas venu pour une séance de psy avec un type que je ne connais même pas. Moi, j'essaie de survivre, c'est tout.

Ceci dit, il attrapa un ballon de basket dans l'un des paniers posés près de la porte et sortit dans la cour. La porte se referma derrière lui avec un claquement lourd et froid.

Abby observa Dylan et vit se dessiner sur son visage la même déception que celle qui lui serrait le cœur. Pendant un instant, elle eut l'impression d'avoir enfin trouvé un allié.

Et c'était une sensation très dangereuse ! Mieux valait ne pas l'oublier. Elle savait très bien avec quelle vitesse un homme pouvait lui tourner le dos. Pire : tourner le dos à ses fils.

Elle retourna donc dans le bureau de Ty et se remit au travail.

C'était tout ce qu'elle avait trouvé pour… survivre.

2

Dylan tapota les dossiers des canapés, replaça les coussins et les plaids, ramassa les canettes de soda vides oubliées sur la table basse. Le reste du groupe avait rapidement suivi Cody quand il avait quitté la séance. Ça avait été une mutinerie spontanée. À présent, Dylan entendait le ballon de basket rebondir sur les pavés de la cour.

On ne pouvait pas dire que ses débuts avaient été couronnés de succès… Il avait espéré tisser un lien avec ces gamins, avoir une vraie conversation avec eux, peut-être même les empêcher de commettre les mêmes erreurs que lui. Mais pour l'instant, son efficacité en tant que leader était proche de zéro. Pour la centième fois depuis son arrivée, il se demanda ce qui avait pu laisser croire à Ty qu'il pourrait l'aider.

Les plus petits avaient terminé leur atelier d'arts plastiques et étaient à présent assis en cercle sur le tapis tandis que Mavis leur lisait un livre qui parlait d'un kangourou perdu. Sans doute était-ce à ce groupe-là que Dylan aurait dû s'adresser pour les convaincre de ne pas quitter l'école. À cet âge, on était encore persuadé que les livres et les histoires étaient magiques. On n'avait pas encore été blessé par le monde.

Oncle Ty s'approcha et ramassa un coussin qui était tombé par terre.

— C'était vraiment pas mal, fiston. J'ai beaucoup aimé ton approche avec ces gosses.

Dylan sursauta et dévisagea son oncle.

— Vraiment ? Ils m'ont laissé tomber !

Ty haussa les épaules.

— Ça arrive. La dernière chose que des ados veulent, c'est bien que l'on sache qu'ils nous écoutent ou qu'ils sont d'accord avec nous. La première fois que j'ai parlé à un groupe de lycéens, ils sont tous partis au bout de dix minutes à peine. Je n'avais pas encore de terrain de basket ou de consoles de jeux, à l'époque, alors ils sont juste rentrés chez eux. Ton groupe à toi a tenu plus longtemps.

— Peut-être. Mais ça ne les a pas empêchés de s'en aller aussi, marmonna Dylan.

— Non. Ils sont encore là.

Ty lui montra d'un signe de tête les garçons qui jouaient dehors et que l'on voyait passer en courant devant la fenêtre.

— Attirer l'attention d'un adolescent, c'est comme manœuvrer un paquebot, reprit-il. On ne peut pas donner un grand coup de barre. Il faut y aller progressivement, petit à petit, pour que les passagers ne sentent pas le bateau tanguer.

Dylan ne put retenir un éclat de rire.

— C'est un conseil déguisé ?

— Tout à fait.

— Dans ce cas, je tâcherai de ne pas l'oublier.

Parler à ces adolescents avait été comme parler à celui que Dylan avait été autrefois. Si seulement il avait pu revenir en arrière pour le faire… et obtenir un meilleur résultat ! Seulement, il n'avait écouté personne, au lycée. Pas même son oncle. Il était tellement révolté, en colère contre le monde entier et décidé à quitter Stone Gap pour toujours, à l'époque… S'il avait écouté les conseils des adultes, sa vie n'aurait pas été aussi chaotique. Il ne se retrouverait pas aujourd'hui, à trente-deux ans, encore en train de réfléchir à ce qu'il voulait faire quand il serait grand.

— Ne t'inquiète pas, tu t'en sors très bien, reprit Ty avant de jeter un coup d'œil à la salle et de pousser un profond soupir. Il y a tant à faire ici. J'ai mis les projets les plus urgents en attente quand Virginia est tombée malade, convaincu qu'elle finirait par se remettre et que j'aurais le temps, mais…

Il secoua tristement la tête.

— Il faut que je refasse les peintures. Que je remplace la moquette. Que je répare quelques chaises et l'un des canapés, que je retape les placards de la cuisine, que je remplace un bout du plan de travail qui a pourri quand un des tuyaux d'évacuation a cassé. Les WC fuient, et l'eau s'infiltre par le toit. On a deux fenêtres cassées, un gros trou dans le mur de l'entrée et un autre ici. Et ce ne sont que les gros travaux. Je ne te parle pas des petites choses à bricoler. Je ne sais même pas par où commencer !

Dylan pouvait entendre l'angoisse dans sa voix tendue. En effet, le centre avait besoin d'un sacré rafraîchissement. Et les rénovations importantes étaient précisément sa spécialité. Il passa un bras autour des épaules de son oncle.

— C'est comme manœuvrer un paquebot, oncle Ty. Il faut y aller progressivement et faire les choses l'une après l'autre. Montre-moi où sont les outils, et je pourrai me mettre au travail dès aujourd'hui.

Une profonde gratitude illumina le visage de Ty.

— Je vais chercher ma boîte à outils, dit-il aussitôt. Mais je te préviens, j'ai une liste longue comme le bras de fournitures à acheter à la quincaillerie !

— Donne-la-moi et rentre chez toi pour la soirée. Tu n'as qu'à me laisser les clés. Le centre ferme dans une heure, et je suis sûr de pouvoir me débrouiller pour si peu de temps. Demain matin, je ferai un crochet par la quincaillerie d'Ernie et je commencerai les travaux.

C'était bien le moins qu'il pouvait faire pour aider son oncle. Et puis plus il s'occuperait au centre, moins il risquerait de tomber sur son frère en ville. Quinze jours passaient vite, en travaillant. Puis il repartirait.

Jay, son patron, lui avait proposé de diriger un chantier de construction dans le Maine, un lotissement entier à bâtir. C'était un engagement pour plusieurs années qui commencerait dans trois semaines. Mais ce projet l'obligerait à poser ses valises pour un long moment, et il n'était pas sûr d'en avoir envie.

Seulement il devait beaucoup à Jay. Ce dernier l'avait pris sous son aile quelques années plus tôt et avait même financé son diplôme d'artisan pour donner un vernis officiel à son travail. C'était un homme bien. Il avait vécu le même genre d'épreuves que Dylan, et c'était sans doute pour ça qu'ils s'étaient entendus dès le départ. Si Dylan tenait depuis tout ce temps dans son entreprise sans avoir envie de plier bagage, c'était surtout grâce au soutien de Jay.

Mais pour l'instant, il devait aider oncle Ty. Après…

— Merci beaucoup, fiston, murmura Ty, les yeux humides. Si Virginia et moi avions eu un fils…

Cette bouffée de tendresse soudaine troubla Dylan. Il n'avait pas l'habitude de gérer les émotions, les siennes comme celles des autres.

— Allons, oncle Ty, ne me fais pas le coup des larmes ! Ou alors je vais sortir pour jouer au basket, moi aussi.

— Tu as raison.

Ty laissa échapper un petit rire gêné puis lui donna la clé du centre.

— Merci pour tout, fiston. On se voit demain matin.

Dylan posa la main sur l'épaule de son oncle et la serra tendrement.

— Ne t'en fais pas, je m'occupe de tout. À demain.

Alors que son oncle quittait le centre, la mère de Cody, Abby, sortit du bureau pour la seconde fois. Dylan l'avait déjà remarquée, tout à l'heure, près de la fontaine. Il ne savait pas si elle avait pu entendre sa conversation avec le groupe d'adolescents ou si elle s'était contentée de rester là, le temps de boire son verre d'eau.

Elle échangea quelques mots avec Mavis puis s'approcha de lui, suivie de près par son petit garçon. Le gamin ressemblait à une version plus jeune de Cody, mais avec un visage rayonnant et un grand sourire.

— Mavis m'a demandé de préparer le goûter des enfants, expliqua-t-elle. C'est elle qui s'en occupe d'habitude, mais elle doit partir un peu plus tôt, aujourd'hui. Elle m'a suggéré de te demander un coup de main parce qu'on a quand même un bon nombre de bouches à nourrir.

Il sourit et s'attarda sur ses yeux verts d'une intensité rare.

— Tu me demandes donc de jouer les agents de circulation pour qu'ils ne se jettent pas en même temps sur les assiettes ?

— Oui, c'est à peu près ça. Mais si tu as des choses à faire…

— Non. Pas du tout.

Même interrompu en pleine construction du Taj Mahal, il lui aurait dit qu'il avait le temps. Il baissa les yeux sur le plus jeune fils d'Abby, qui le dévisageait avec ses grands yeux verts un peu plus sombres que ceux de sa mère. C'était un gamin mignon, vêtu d'un T-shirt Transformers, d'un jean et de baskets qui clignotaient quand il marchait.

— J'ai faim ! lança-t-il. Miss Mavis a dit que tu me ferais un goûter.

Abby posa la main sur l'épaule de son fils.

— Ce n'est pas ce que Mavis a dit, Jake. C'est moi qui vais te préparer ton goûter.

Jake contempla sa mère d'un air dubitatif.

— Mais tu ne cuisines pas très bien, maman.

Les joues d'Abby s'embrasèrent, et Dylan retint un sourire.

Sa gêne lui donnait un air plus accessible, plus vulnérable. Et la rendait plus séduisante encore…

— Mieux vaudrait que j'aille à la cuisine avant que mon fils divulgue d'autres secrets de famille, dit-elle.

Dylan ne put retenir un petit rire.

— Pas de souci. Je faisais tout le temps ça à mon grand frère, quand on était petits, surtout s'il amenait une copine à la maison. Un jour, j'ai raconté à Wendy Simmons la fois où il s'était retrouvé avec une guêpe coincée dans son caleçon. J'ai cru que Sam allait me tuer !

Son histoire fit sourire Abby. Elle avait un beau sourire, songea-t-il. Chaleureux. Avenant.

— Sam… Sam Millwright ? C'est ton frère ? Je l'ai croisé, une ou deux fois. C'est lui qui a vendu à mon patron sa maison et les bureaux de l'entreprise.

— Oui. Sam est mon frère.

Dylan la suivit jusqu'à la petite cuisine installée sur l'arrière du bâtiment.

— Il a presque cinq ans de plus que moi, mais parfois, on dirait qu'il en a vingt, poursuivit-il. Il a toujours fait comme s'il était mon père, comme s'il avait besoin de m'apprendre à être aussi responsable que lui.

Pourquoi avait-il dit ça ? D'accord, il ne réussissait peut-être pas à garder toute sa rancune sous clé, comme il l'aurait voulu, mais il était hors de question de dévoiler toutes ses histoires de famille à une femme qui était encore une inconnue.

— J'ai une petite sœur comme ça, moi aussi, dit Abby. Elle a toujours mieux réussi que moi. Elle a épousé l'homme parfait, a un travail parfait dans un magazine, vit dans une maison parfaite du Connecticut…

Elle soupira avant d'ajouter :

— D'après elle, je suis… une ratée.

D'un seul coup, elle rougit de plus belle, comme si ces derniers mots lui avaient échappé.

C'était un nouvel instant de vulnérabilité, une nouvelle entaille dans son armure, songea Dylan. Elle ne devait pas souvent laisser les gens voir cette facette-là de sa personnalité.

— Pour ce que ça vaut, je ne pense pas que tu sois une ratée, au contraire, répliqua-t-il. Quand je t'ai vue entrer, tout à l'heure, j'ai regretté de ne pas porter une tenue moins… festival de rock underground. J'aurais aimé pouvoir t'impressionner, avec un costume ou quelque chose comme ça.

Bon sang, pourquoi avait-il dit ça ? Depuis quand ne s'était-il pas montré aussi ouvert avec quelqu'un ? Les confidences d'Abby l'avaient peut-être influencé. Ou bien la manière dont elle se comportait, si sûre d'elle et tirée à quatre épingles. Tout cela lui donnait l'impression qu'elle était… un peu trop bien pour lui. Vraiment trop bien pour lui, en fait.

Elle haussa un sourcil d'un air surpris.

— Un costume ?

— J'en ai un, tu sais, même si mon apparence suggère le contraire, lui assura-t-il, le plus sérieusement du monde. La dernière fois que je l'ai porté, c'était pour l'enterrement de mon grand-père, et je suis sûr qu'il est encore dans un carton, chez ma mère. Bien sûr, j'avais dix ans et je risque de ne plus rentrer dedans.

Abby éclata de rire et poussa la porte de la cuisine.

Dès qu'ils furent entrés, Jake se percha sur l'un des tabourets en inox, devant le plan de travail. Il posa près de lui son dessin du jour et s'accouda sur le plateau pour se redresser de toute sa hauteur.

— Je suis prêt à t'aider, maman.

— C'est gentil, Jakester. On va faire des sandwichs au beurre de cacahuètes et à la confiture, d'accord ?

Elle se retourna vers Dylan. Son sourire avait disparu et elle avait retrouvé son masque de mère célibataire efficace.

— En dépit des critiques culinaires de mon fils, je peux très bien me débrouiller toute seule. Vraiment. Je suis sûre que tu as d'autres choses à faire et je n'aimerais pas te retenir. Tout va bien, ne t'en fais pas.

Les adolescents venaient de terminer leur partie de basket et commençaient à rentrer, dans un concert de bavardages et de pas lourds. Certains jetèrent un coup d'œil en direction de la cuisine avant de s'affaler sur les canapés.

— Hé, mec, où est la bouffe ? demanda Matt.

— Ça vient, répondit Dylan.

Il se retourna vers Abby. De toute évidence, elle essayait de se débarrasser de lui. Après tout, n'avait-elle pas demandé son aide avant de changer d'avis aussi sec ?

— Je peux te donner un coup de main, cela ne me dérange pas, lui dit-il. Et je pense avoir les compétences nécessaires, vu que je prépare mes sandwichs depuis presque vingt ans. En fait, on peut même lire « fabriquant de sandwichs certifié » sur mon CV.

— Et ça t'a déjà permis de trouver du boulot quelque part ?

— Non, je pense que mes patrons ont surtout été impressionnés par la section « compétences tactiques de ninja », répondit Dylan en adressant un clin d'œil à Jake. Je suis sûr que tu es un grand ninja aussi, Jake.

— Oh oui ! Je fais toujours peur à maman parce que je fais ça…

Il bondit de son tabouret puis s'avança sur la pointe des pieds, les bras repliés devant lui comme des pattes de T-Rex.

— Je suis super silencieux.

Abby lui ébouriffa les cheveux en riant.

— Tu as quatre ans, Jake. Je ne suis pas certaine que tu puisses déjà prétendre être super silencieux.

Jake remonta sur son tabouret en gigotant, comme pour prouver qu'il n'était en effet ni discret ni silencieux.

— T'as vu mon dessin ? demanda-t-il.

Abby se pencha sur l'œuvre de son fils.

— C'est très joli, Jake. J'aime beaucoup le petit chien.

Aux yeux de Dylan, la tache marron sur la feuille n'avait pas vraiment des allures de chien, mais si Abby le disait…

— Tu sais pourquoi je l'ai dessiné ? demanda le gamin qui se tortillait, à genoux sur son siège. Parce que j'adore les chiens !

Abby sourit de nouveau.

— Je sais. S'il y a bien une chose dont tu parles plus que des dinosaures, en ce moment, ce sont des chiens, mon petit ninja en herbe.

Jake étudia son dessin d'un air concentré.

— Est-ce qu'on peut avoir un chien, maman ? Mme Reynolds dit que sa chienne a eu des petits et que je *pourra* en avoir un si je veux.

— C'est « pourrai », mon chéri. Et non, je ne veux pas de chien dans la maison pour le moment. J'ai bien assez à faire avec ton frère et toi, répondit Abby avant de lui montrer l'évier d'un signe de tête. Allez, va te laver les mains, mon grand. Après, tu pourras préparer les tranches de pain. Je m'occuperai du beurre de cacahuètes et de la confiture.

— Ou bien, je m'occupe du beurre de cacahuètes et, toi, de la confiture, proposa Dylan.

Au fil de la conversation, ils s'étaient rapprochés l'un de l'autre sans s'en apercevoir. Dylan sentait flotter jusqu'à lui son parfum floral.

— En mode travail à la chaîne, précisa-t-il.

Pourquoi insistait-il tant ? Mavis s'occupait peut-être encore des petits, mais il fallait surveiller les plus grands et commencer à plancher sur la liste des réparations urgentes. Et puis Abby était sans doute plus que qualifiée pour préparer le goûter.

— C'est bon. Mais merci quand même, répondit-elle en tendant le paquet de pain de mie à son fils avant d'attraper le pot de beurre de cacahuètes.

Ce « merci » était clairement une manière polie de le congédier. Si elle avait un instant voulu son aide, elle avait changé d'avis depuis. Le moment était venu de comprendre le sous-entendu et de la laisser tranquille…

Mais il se surprit à la précéder devant le réfrigérateur pour attraper la confiture avant elle.

— On ira plus vite comme ça, dit-il. Je me doute bien que tu es parfaitement capable de faire deux douzaines de sandwichs toute seule, mais les gosses ont faim et ils se moquent de savoir qui étale la confiture. Tout ce qu'ils veulent, c'est que le goûter soit prêt… pour hier.

Elle jeta un rapide coup d'œil aux adolescents qui suivaient leur conversation de loin. Au même instant, Mavis termina le livre qu'elle était en train de lire aux petits, et les gamins se précipitèrent autour des tables. Mavis se prépara à partir et leur fit un petit signe avant de se diriger vers la sortie.

— D'accord, murmura Abby sans grande conviction. Mais uniquement parce que je ne veux pas faire attendre les enfants.

Cela ne revenait pas vraiment à dire qu'elle ne pouvait résister à son sourire enjôleur, songea Dylan, mais il s'en contenterait.

Il se glissa près d'elle sur l'un des tabourets.

Jake tendait à sa mère une tranche de pain qu'elle tartinait de beurre de cacahuètes avant de la confier à Dylan qui étalait la confiture et posait une seconde tranche sur l'ensemble.

— Est-ce que tu te montres toujours aussi réticente quand il s'agit d'accepter l'aide de quelqu'un ? demanda-t-il tout en travaillant.

— Je ne suis pas réticente.

Elle lui tendit une tranche de pain en précisant :

— C'est juste que d'après mon expérience il vaut

mieux faire les choses soi-même que les confier à quelqu'un d'autre.

Il était clair qu'une personne – ou plusieurs – avait laissé cette femme tomber. Dylan n'était peut-être pas l'homme le plus fiable du monde, mais il tenait toujours parole.

Il confectionna trois sandwichs supplémentaires avant de reprendre :

— Peut-être que tu t'es fiée aux mauvaises personnes, par le passé.

— Ou bien j'ai raison, et il vaut mieux ne compter que sur soi-même. Au moins, on n'est pas surpris.

— Peut-être. Peut-être pas.

Il termina le dernier sandwich et tira un couteau du tiroir pour couper la pile de casse-croûte en deux.

— En triangles, fit remarquer Abby avec plus de douceur. C'est comme ça que ma mère faisait.

— La mienne aussi.

Ils échangèrent un bref coup d'œil, et une vague de chaleur parut emplir la cuisine pendant un instant. Puis Abby se détourna et alla chercher des briques de jus de fruit dans le frigo pour les disposer sur un plateau. Quelques minutes plus tard, ils posèrent le goûter sur le comptoir qui séparait la cuisine de la salle principale. Les enfants se jetèrent dessus comme une volée de moineaux et dévorèrent tout en un clin d'œil, jusqu'à la dernière miette. Jake engloutit un demi-sandwich avant de retourner avec les plus petits pour jouer aux Lego. Abby et Dylan se retrouvèrent en tête à tête.

— Eh bien, on dirait que tes sandwichs ont fait l'unanimité, remarqua Dylan en récupérant le plateau vide pour le poser dans l'évier.

Un sourire illumina un instant le visage d'Abby.

— Je devrais peut-être le mentionner sur mon CV.

— Tu as l'air d'une femme qui a déjà un CV bien rempli.

Une étincelle d'intérêt passa dans ses yeux.

— Qu'est-ce qui te fait dire ça ?

— Tu es intelligente et talentueuse. Belle, aussi, même si ce n'est pas un talent professionnel.

Il s'interrompit brusquement, avant de dire une sottise.

Elle le dévisagea d'un air presque soupçonneux.

— Est-ce que tu essaies de me charmer ? s'enquit-elle.

— Je…

Avait-elle raison ? Il n'aurait su le dire. Il ne comptait pas rester longtemps à Stone Gap et, même si cela avait été le cas, il n'était pas du genre « vie de couple ». Abby n'était pas faite pour lui : les mots « vie de couple » étaient presque inscrits sur son front. Cette prise de conscience calma immédiatement ses ardeurs.

— Non, c'était une simple remarque, répondit-il.

— Oh. Dans ce cas, merci. C'est… C'est gentil.

Elle se détourna et alla remettre les jus de fruit restant au frais.

Dylan savait reconnaître un signe de rejet quand il en voyait un, et Abby venait de se débarrasser de lui comme on chasse une poussière de sa veste. Il jeta un dernier coup d'œil dans sa direction avant de retourner dans la salle.

Abby lava le plateau et les couteaux, les essuya et rangea le tout sur les étagères. Elle examina rapidement la cuisine, remarquant pour la première fois la peinture qui s'écaillait, les placards presque vides, les tiroirs cassés et le morceau de plan de travail qui manquait. Elle amenait ses enfants au centre depuis un an, et le bâtiment ne lui avait jamais paru aussi… désolé. Du vivant de Virginia, la cuisine avait toujours été bien garnie et impeccable. À présent, elle paraissait fatiguée, usée.

Dylan passa soudain la tête par l'entrebâillement de la porte.

— On va bientôt fermer. Vous avez besoin de quelque chose ?

— Non. Mais je pense que cet endroit a bien besoin d'aide, répondit-elle. Les choses ont commencé à se désagréger quand Virginia est tombée malade et, depuis sa mort, c'est devenu de pire en pire.

Dylan entra et laissa la porte se refermer derrière lui.

— Ma tante était une femme unique.

— Je ne l'ai pas beaucoup connue, mais je suis d'accord. Pour une bonne partie de ces enfants, elle était comme une seconde mère.

Elle plia le torchon et l'abandonna sur le plan de travail. Peut-être était-ce parce que Dylan l'avait aidée à préparer le goûter, ou peut-être parce qu'il avait essayé de parler à Cody, mais elle avait l'impression de sentir une part d'elle s'ouvrir à lui.

— Quand j'ai commencé à venir ici avec les garçons, Virginia a tout de suite trouvé un moyen de se rapprocher de Cody. Jake se lie facilement avec tout le monde, mais son grand frère… Il a beaucoup changé depuis que son père est parti.

Dylan s'appuya contre le plan de travail et croisa les bras. Il avait l'air si stable, si rassurant. Le genre d'homme sur lequel on pouvait compter.

— Ma tante a été un grand soutien pour moi aussi, dit-il. Je ne me suis jamais bien entendu avec mon père. Pendant des années, oncle Ty et tante Virginia ont été mes parents de substitution.

Il se redressa un peu, comme si ces confidences le mettaient soudain mal à l'aise.

— Le père de Cody est parti depuis longtemps ? Désolé, Ty m'a un peu parlé de votre situation.

Abby aurait dû être contrariée. Elle avait l'habitude de garder sa vie privée sous clé, loin des regards curieux. Mais il y avait quelque chose, chez Dylan, qui lui rappelait ses deux fils. Après tout, Ty n'avait-il pas confiance en lui ? Il n'aurait pas confié tant de responsabilités à n'importe qui. Dylan savait peut-être à quel point elle avait du mal à conjuguer les rôles de mère, de père et de gagne-pain, à quel point c'était dur. À moins qu'elle aime juste la manière dont il lui avait souri, tout à l'heure… Cela avait été comme un rayon de soleil, un instant de bonheur au milieu d'une journée stressante.

— Depuis longtemps ? répliqua-t-elle avec une pointe d'amertume. Ça dépend. Vous voulez parler de la première fois ou de la seconde ?

Elle soupira et secoua la tête.

— J'ai été assez bête pour le reprendre et lui donner une deuxième chance, avoua-t-elle. Il a refait ses bagages juste après la naissance de Jake. En dépit de toutes ses belles promesses, mis au pied du mur, mon ex n'avait aucune envie d'assumer son rôle de père.

Elle fit de son mieux pour hausser les épaules et donner l'impression que cela n'avait plus d'importance, qu'elle avait tiré un trait sur son passé depuis longtemps. Et pourtant, il y avait encore des jours où elle aurait volontiers tué son ex-mari de ses mains pour lui faire payer les regards de déception de Cody. Pendant l'enfance de Cody, Keith s'était à peine fendu d'une carte d'anniversaire, mais Abby avait vraiment cru qu'il avait changé quand il était revenu vivre avec elle. Il lui avait promis de réessayer, et elle lui avait fait confiance. Bêtement, elle avait même pensé que l'arrivée de Jake serait une révélation pour lui. Mais cela n'avait pas été le cas.

— Au moins, vos fils ont une mère super, répondit Dylan après un court silence.

Oh non, elle ne se sentait pas « super », surtout les jours où elle recevait des mots pour l'informer que Cody avait encore séché les cours, les jours où Jake lui posait des questions gênantes parce qu'il commençait à remarquer qu'il était le seul de ses copains à ne pas avoir de père.

— Comment savez-vous si je suis une bonne mère ?

— Je ne le sais pas. Mais vos enfants ont l'air d'être des garçons bien, et ce genre de choses n'arrive pas par hasard, répondit-il en s'approchant un peu d'elle. Je n'ai pas d'enfant, mais je sais à quel point une influence bénéfique peut transformer quelqu'un.

Ce n'était certainement pas un sujet sur lequel elle avait envie de s'attarder. Cela ne faisait que lui rappeler qu'elle avait parié sur le mauvais cheval, et deux fois de suite. Elle baissa les yeux et entreprit de chasser quelques miettes du plan de travail.

— C'est très bien que vous soyez venu aider votre oncle.

— Oui, enfin… Je ne fais pas grand-chose, vous savez.

Il paraissait gêné de recevoir des compliments. Pourquoi ? Était-il juste humble par nature ou bien pensait-il ne pas les mériter ? Elle n'osa pas poser la question. Elle avait bien assez de soucis comme ça et risquait de perdre pied définitivement si elle devait s'inquiéter d'une personne de plus.

Cody était à deux doigts du renvoi. Jake s'en sortait bien, mais il avait des soucis d'attention à l'école, et elle commençait à craindre qu'il finisse par marcher dans les pas de son grand frère.

« Au moins, ils ont une mère super. » Elle n'en était pas si sûre.

Elle jeta un coup d'œil par la vitre qui séparait la cuisine de la salle. Jake s'était éloigné des autres enfants et était assis sur une chaise, près de la fenêtre. Cody était vautré dans un fauteuil, perdu dans son téléphone. Il avait retrouvé toute sa colère boudeuse. S'il avait eu un instant de bonne humeur tout à l'heure, celle-ci s'était déjà envolée.

Abby soupira. C'était bien pour ça qu'elle ne pouvait pas se permettre la moindre relation avec un homme. Elle n'osait même pas envisager d'avoir une vie sentimentale quelconque ! Et ce malgré le sourire charmeur de Dylan ou ses yeux si doux. Parce qu'elle arrivait déjà à peine à garder la tête hors de l'eau.

3

L'auberge de Stone Gap ressemblait à une de ces maisons qui font la couverture des magazines de décoration. Une longue galerie couverte habillait la façade, avec deux rocking-chairs, et la grande porte de chêne, avec son heurtoir en laiton, ouvrait sur une entrée charmante et un grand escalier en colimaçon.

Mavis se jeta sur Dylan dès qu'il entra dans la maison, ce soir-là, et le serra dans ses bras, comme elle l'avait fait au centre.

— Oh ! C'était vraiment bon de te voir, cet après-midi ! s'exclama-t-elle. Ton oncle est ravi de te savoir en ville.

— Je suis content d'être revenu, avoua-t-il en déposant un petit baiser sur la joue de Mavis avant de s'écarter. Dis-moi que tu fais toujours ta tarte à la rhubarbe.

— Bien sûr que oui !

Elle lui adressa un sourire rayonnant.

— Et j'ai même mis une part de côté juste pour toi.

— J'ai attendu ça toute la journée…

Il la suivit jusqu'à une cuisine spacieuse et lumineuse.

— Eh bien… Della et toi avez fait un super travail de rénovation, remarqua-t-il.

Mavis sourit de plus belle. Elle était clairement très fière de son B & B.

— C'est grâce aux garçons de Della et à sa nouvelle belle-fille, expliqua-t-elle. Ils ont travaillé dur pour rendre à cette maison sa beauté passée.

Dylan avait grandi avec les frères Barlow, et il n'était pas surpris qu'ils aient tous mis la main à la pâte pour rafraîchir ce lieu. Quand il était plus jeune, il avait pensé que Sam et lui finiraient aussi proches, mais…

Bref ! C'était de l'histoire ancienne. Inutile d'espérer changer des choses immuables.

— Alors ? Comment vont les affaires ? demanda-t-il.

— Ça décolle de jour en jour. Le bouche-à-oreille commence à fonctionner, et de plus en plus de gens entendent parler de ma tarte à la rhubarbe !

Avec un clin d'œil complice, Mavis déposa une généreuse part de tarte sur la table, devant lui.

— J'imagine que ta recette fait des émules sur Yelp…

— Bien sûr !

Elle s'assit en face de lui et le contempla un moment en silence.

— Je suppose que ton retour en ville a déjà été longuement discuté au salon de coiffure de Sadie, dit-elle.

Dylan ne put retenir un petit rire et secoua la tête.

— Stone Gap n'a décidément pas changé.

Mavis posa avec douceur sa main sur la sienne.

— C'est bien ce qui rend cette ville si précieuse, non ?

— Pour toi, peut-être. Moi, je suis juste revenu aider oncle Ty. Dès qu'il ira mieux, je…

— Tu recommenceras à fuir.

— Je ne fuis pas, Mavis. Je suis bien trop vieux pour ça, maintenant.

Elle le dévisagea un instant et hocha la tête.

— Oui, je suis bien d'accord avec toi. Il est peut-être temps pour toi d'envisager de rester. Tu as de la famille ici, Dylan, et je peux te garantir que tu n'en trouveras pas d'autre sur le bord des routes du Maine ! Ton oncle m'a dit que tu pensais accepter un travail permanent, là-bas. Ce ne sera pas comme Stone Gap, tu sais… Allons, je vais te laisser profiter de ta tarte. J'ai déjà préparé ta chambre. Tu prendras Asheville. C'est la deuxième porte sur ta gauche, en haut de l'escalier. Oh ! Et n'oublie pas les gaufres, demain matin !

Elle le laissa seul, et il termina rapidement sa part de tarte. Il lava ensuite son assiette et sa fourchette, les mit à sécher et monta se coucher.

Mavis se trompait sur son compte, mais il la connaissait assez bien pour savoir qu'il ne pourrait jamais la faire changer d'avis. Autant essayer de détourner le cours du Mississippi !

Le lendemain matin, Dylan arriva au centre communautaire juste avant 8 heures, l'estomac rempli de gaufres succulentes et de sirop d'érable. Il avait prévu de commencer le travail plus tôt, mais il avait dû attendre l'ouverture de la quincaillerie d'Ernie pour acheter le matériel dont oncle Ty pensait avoir besoin. Ce dernier avait clairement réduit la liste au minimum, et Dylan dut ajouter une ou deux choses – enfin, beaucoup de choses – au Caddie avant de passer à la caisse. Il avait suffisamment d'argent de côté pour payer la différence, soupçonnant son oncle de ne pas pouvoir se permettre une telle dépense d'un coup. Certains des articles devaient être commandés, mais les rayonnages d'Ernie étaient assez bien garnis pour commencer les travaux.

Arrivé au centre, il alluma les lumières et s'attarda un instant dans l'entrée, troublé par le silence. Il n'avait encore jamais été au centre en dehors des heures d'ouverture. Les salles vides paraissaient si tristes, comme si toute la vie du bâtiment était partie en même temps que les enfants.

Autant s'attaquer aux problèmes de sécurité d'abord. La liste des travaux à faire était longue, mais il décida de commencer par les premiers endroits que les enfants allaient investir à leur arrivée, pour limiter au maximum les risques d'accident. Il entreprit donc de réparer une prise électrique cassée, puis un interrupteur qui avait un court-circuit. Le centre n'ouvrait pas officiellement ses portes avant 14 heures, à la sortie d'école des plus grands. Il avait donc quelques heures devant lui.

Il s'apprêtait à combler un trou dans l'un des murs quand la porte d'entrée s'ouvrit. Il se retourna vivement, s'attendant à voir son oncle.

— Cody ? Qu'est-ce que tu fais ici ?

L'adolescent haussa les épaules. Il laissa son sac à dos glisser de son épaule et l'abandonna dans un coin.

— J'avais besoin d'un break, marmonna-t-il.

Dylan jeta un coup d'œil à sa montre.

— Il n'est que 10 heures. Tu n'es pas censé être en cours ?

Cody haussa de nouveau les épaules et se laissa tomber sur un canapé, les pieds posés sur l'accoudoir.

Dylan le regarda un moment, songeur. Il connaissait bien cette nonchalance, ces épaules voûtées, ce cocktail de jean déchiré et de T-shirt aux motifs fanés.

— Hé, ce n'est pas un hôtel, ici, fit-il remarquer.

Cody ne réagit pas.

Il était clair qu'il faisait l'école buissonnière, songea Dylan. Devait-il appeler Abby pour la prévenir ? Sauf qu'il n'avait pas son numéro. Et Cody n'allait sans doute pas accepter de le lui donner.

— Écoute, laisse-moi te conduire jusqu'au lycée, proposa-t-il. Finis au moins tes cours de la journée. Tu reviendras ici après.

Cody secoua obstinément la tête.

— Hors de question, mec.

— Tu ne peux pas sécher les cours comme ça, Cody.

— Pourquoi pas ? Je vais redoubler, de toute manière. Quel intérêt ?

— Je ne sais pas… Obtenir un diplôme pour ne pas te retrouver à servir des frites à des gosses de dix ans quand tu en auras cinquante ?

— Je m'en fiche, de ça. Tout ce que je veux, c'est qu'on me laisse tranquille, répliqua Cody en se levant et en récupérant son sac à dos. Je n'ai pas non plus besoin d'une leçon de ta part.

Dylan soupira. Il savait très bien ce qui allait se passer dès que Cody aurait passé la porte. C'était comme regarder un film tiré de son propre passé. Cody allait partir et il s'attirerait sans doute des ennuis en deux minutes, montre en main.

Le visage angoissé d'Abby lui revint soudain en mémoire. Elle avait l'air tellement débordée, la veille, épuisée par ses responsabilités de mère célibataire. Elle n'avait certainement pas besoin de soucis supplémentaires. Quitte à sécher les cours, Cody était au moins en sécurité, au centre. Si jamais Dylan parvenait à l'occuper, quelque chose de bon pourrait même sortir de cette journée gâchée.

— Avant de partir, Cody…

Il sortit son matériel de sa boîte à outils, déposa une scie, un petit pot d'enduit et une spatule près du morceau de Placoplatre qu'il avait préparé. Il examina rapidement le trou du mur, une auréole craquelée de la taille d'un poing d'adolescent, puis leva les yeux sur Cody.

— J'aurais besoin d'un coup de main, si tu veux bien, dit-il.

Cody ne bougea pas.

— Où est Ty ? s'enquit-il.

— Pas là.

Dylan n'avait aucune intention d'essayer de faire comprendre à un adolescent de seize ans que son oncle pleurait l'amour de sa vie et s'adonnait à sa principale occupation depuis la mort de Virginia : rester assis chez lui en attendant de trouver la force d'ouvrir le centre qu'elle avait tant aimé et qui vibrait encore de sa présence. Dylan était passé chez son oncle la veille et avait vu le poids du deuil peser sur les épaules de Ty comme un nuage d'orage. Mais à l'âge de Cody, les relations les plus intenses commençaient à l'appel du matin et se terminaient avec la cloche du dernier cours…

— Allez, tu peux bien m'aider deux minutes, non ? insista-t-il.

Cody parut hésiter encore un peu puis poussa un gros soupir et lâcha une nouvelle fois son sac dans le coin de l'entrée.

— Ce n'était pas moi, marmonna-t-il en désignant le trou dans le mur.

— C'était qui ?

— Leon. Ce type a vraiment besoin d'apprendre à gérer sa colère. Genre, vraiment, répondit Cody en suivant les contours déchiquetés du bout du doigt. Il s'est mis en rogne parce que quelqu'un a changé de chaîne sans lui demander. Comme s'il se croyait le chef, ici.

— Il était là, hier ?

— Non. Ty l'a mis à la porte et lui a dit de ne plus revenir au centre. Il fait ça avec tous ceux qui ne respectent pas les règles.

Dylan ne put retenir un petit rire.

Certaines choses ne changeront jamais, songea-t-il.

Oncle Ty avait été un peu plus coulant avec son neveu, mais Dylan avait quand même été jeté dehors une ou deux fois.

Cody indiqua le mur d'un signe de tête.

— Alors, qu'est-ce qu'on doit faire ?

— Le trou est trop gros pour être rebouché uniquement à l'enduit, expliqua Dylan. Donc, je vais tailler ce bout de Placoplatre pour qu'il comble le vide, et on le vissera au rail, derrière. Après, on n'aura plus qu'à passer un coup d'enduit par-dessus, et il sera comme neuf.

— Ça a l'air facile.

— Oui, plutôt. Tiens-moi ça.

Il lui tendit le carré de Placoplatre sans lui demander s'il était d'accord pour l'aider. La meilleure chose à faire, pour le moment, était d'occuper Cody pour qu'il reste au centre.

L'adolescent maintint le Placoplatre par terre tandis que Dylan découpait dedans un rond assez grand pour combler le trou. Il jeta quelques regards au mur pour voir les irrégularités à respecter et affina sa découpe.

— Comment tu sais faire tout ça ? demanda Cody au bout d'un moment. Ton père te l'a appris ?

Son père… Jonathan Millwright avait toujours préféré Sam, l'aîné. Sam ne faisait jamais d'erreurs, avait de bonnes notes, avait épousé son amour de lycée, faisait carrière et avait deux enfants. Dylan avait passé toute son enfance à supporter la comparaison avec son frère aîné, et jamais on ne l'avait jugé à la hauteur. Personne ne s'était rangé de son côté, n'avait essayé de le comprendre. Sa mère avait toujours soutenu son époux critique et manipulateur, envers et contre tout.

— On ne s'est jamais vraiment entendus, avec mon père, répondit-il. Il ne savait pas y faire, surtout avec moi.

Mieux valait se contenter d'une version simplifiée de l'histoire plutôt que se lancer dans l'interminable récit d'une vie d'échecs et d'errance.

— Oncle Ty m'a enseigné les bases du bricolage, et j'ai appris le reste en chemin, conclut-il.

Cody glissa le cercle découpé à sa place et le maintint le temps que Dylan pose les quelques vis.

— Qu'est-ce que tu veux dire, par « en chemin » ? demanda-t-il.

Devait-il raconter la vérité à ce garçon ? Cody verrait-il sa vie d'errance comme un idéal à atteindre ou un exemple de ce qu'il ne fallait pas faire ? Cela dit, il devait répondre le plus sincèrement possible ; les adolescents n'aimaient pas le mensonge.

— J'ai abandonné le lycée quand j'avais environ ton

âge, expliqua-t-il. J'ai fait du stop pour partir d'ici et j'ai accepté tous les petits boulots que je trouvais en route pour m'offrir un lit et quelque chose à manger.

— Ça a l'air super.

— Oh non, c'était tout l'inverse, répondit Dylan en reposant sa visseuse. Parfois, je dormais par terre ou sous un porche. J'ai souvent dû sauter des repas, juste parce que je n'avais trouvé personne pour me prendre en stop ou m'embaucher à la journée. C'était un enfer, crois-moi.

— Ouais, mais tu as fini par bien t'en sortir, non ?

— Ça m'a pris beaucoup de temps, crois-moi. Si j'avais été plus malin et si j'avais écouté les conseils que l'on me donnait, j'aurais peut-être fait moins de détours.

Dylan ouvrit le pot d'enduit et tendit la spatule à Cody.

— Tiens, je te laisse faire.

— Mais je n'y connais rien, marmonna Cody en grattant le sol d'un air gêné. Mon père non plus ne m'a rien appris. Il n'a été qu'un donneur de sperme pour nous.

Dylan entendait bien l'écho de sa douleur. Lui, il avait peut-être eu une relation tendue avec son père quand il était jeune, mais au moins il en avait eu un. Et il avait aussi eu oncle Ty pour combler le manque. Cody avait sans doute bien besoin d'un oncle Ty dans sa vie, lui aussi, ou du moins, un équivalent convenable.

Seulement pour l'instant, Dylan était seul au centre, et personne ne pouvait s'occuper de ce gamin à sa place. Il n'avait certainement rien d'un modèle pour un adolescent, mais il pouvait au moins prendre le temps d'enseigner une ou deux choses à Cody. Peut-être même aurait-il une bonne influence sur lui ? C'était sans doute trop demander, pour un morceau de Placoplatre et un peu d'enduit, mais ça valait le coup d'essayer.

— Tiens, dit-il donc en plaçant fermement la spatule dans la main du garçon. Je vais te montrer.

Cody repoussa sa capuche et le dévisagea d'un air presque incrédule.

— Pour de vrai ?

— Oui, répondit Dylan en souriant. Je ne sais peut-être pas grand-chose, mais je sais au moins reboucher un trou dans un mur.

Pas un trou dans la vie d'un gosse de seize ans, en revanche. Ça, c'était une tâche qui dépassait de loin son champ de compétences.

Abby passa la porte du centre communautaire, hors d'elle et essoufflée. Le CPE du lycée l'avait appelée peu après 11 heures, et elle venait de passer presque toute sa pause déjeuner à chercher Cody. Il n'était ni à la maison, ni au parc… Elle avait fini par penser au centre communautaire. Ty laissait parfois les jeunes y traîner pendant la journée, quand ils avaient besoin d'un lieu où se détendre. Mais en général, il appelait les parents pour qu'ils ne s'inquiètent pas. Comme elle n'avait pas reçu de coup de fil, elle avait supposé que Cody n'y était pas. Seulement, les options commençaient à manquer.

Une voiture était garée devant le bâtiment ; pas le pick-up vert de Ty, mais une vieille jeep rouge éraflée. Abby l'avait déjà remarquée la veille. Sans doute appartenait-elle à Dylan. Elle se gara à côté et se précipita à l'intérieur.

Puis se figea.

Dylan et Cody travaillaient ensemble pour réparer une moustiquaire déchirée, devant l'une des fenêtres. Dylan tenait le cadre tandis que Cody faisait glisser le long des bords un outil qui réinsérait le joint plastique dans sa rainure. Dylan expliquait à son apprenti le fonctionnement de l'outil, et Cody écoutait, les yeux brillants et l'air très intéressé. Ils étaient tellement concentrés sur leur tâche qu'ils ne l'entendirent même pas entrer.

— Tu parlais d'avoir fait beaucoup de détours, tout à l'heure ? demanda Cody.

Abby ouvrait déjà la bouche, prête à lui crier dessus, quand elle entendit Dylan répondre. Elle resta dans l'embrasure de la porte, les observant et suivant leur conversation sans se faire remarquer.

— J'étais jeune et stupide. Je pensais que le lycée ou la fac ne m'apporteraient rien de bon. Tu commences par sécher les cours et puis tu finis par te rendre compte qu'il est tout aussi facile de tourner le dos aux choses importantes de la vie. Un boulot, par exemple. Un entretien d'embauche. Un rencard. Je suis devenu un lâcheur, un type qui baisse les bras. Souvent.

Cody eut une moue de mépris.

— C'est quoi, ça ? Un de ces discours qui finit par « Tu ferais mieux de rester à l'école ? » Parce que j'entends déjà ça tous les jours !

— Non, Cody. Je ne te dis pas quoi faire de ta vie. De toute manière, je suis sûr que tu ne m'écouterais pas, si j'essayais. En revanche, je tiens à te dire que j'ai fini par retenir la leçon, le soir où je me suis retrouvé à faire la plonge jusqu'à avoir les mains en sang à cause de l'eau brûlante. Ou quand j'ai passé des heures à charger des sacs de pommes de terre dans un camion, en plein hiver, en grelottant de froid. Dans ces moments-là, j'ai regretté d'avoir quitté l'école, crois-moi.

Abby n'en croyait pas ses oreilles. Elle n'avait pas supposé un seul instant que Dylan ait pu vivre ce genre de choses. D'accord, il avait un petit côté brut de décoffrage, mais il avait l'air responsable, solide, intelligent. À moins que son sourire ait fini par la rendre aveugle à tout le reste…

— Je déteste le lycée, grommela Cody. J'ai qu'une envie, c'est tout faire sauter.

Dylan le dévisagea gravement.

— Tiens le coup. Je sais que c'est dur, mec. À certains

moments, tu auras même l'impression que c'est la chose la plus difficile que tu aies faite dans ta vie. Mais si tu t'accroches jusqu'au diplôme, tu auras réussi.

— Réussi ? Même si je passe en étant le dernier de la classe ? Je n'y crois pas.

Cody haussa les épaules et se détourna.

En général, c'était à ce moment-là qu'Abby perdait son fils. Comme il avait de mauvaises notes, Cody voyait le diplôme comme un rêve inaccessible et, au lieu de redoubler d'efforts pour changer ça, il abandonnait.

— Tu vas devoir apprendre à finir ce que tu commences, répondit Dylan en calant le cadre de bois contre le mur pour tendre la moustiquaire dessus. En baissant les bras, tu sabotes tes chances avant même d'avoir essayé. Tu sais, atteindre ton but est beaucoup plus dur en commençant derrière le peloton plutôt qu'au milieu.

Cody ne répondit pas, mais Abby voyait bien qu'il réfléchissait aux paroles de Dylan. Elle-même lui avait répété la même chose un nombre incalculable de fois, mais jamais encore elle n'avait vu son fils prendre ce qu'elle disait au sérieux. Peut-être qu'il avait besoin de recevoir ces conseils d'un inconnu qui parlait avec beaucoup plus de franchise qu'elle ? Un inconnu qui avait été à sa place et parlait d'expérience.

Dylan s'écarta d'un pas et contempla le résultat de leur travail.

— Ça a l'air pas mal, dit-il. On n'a plus qu'à tailler les bouts de moustiquaire qui dépassent, et la fenêtre sera comme neuve.

Il tendit un cutter à Cody.

— Tu veux essayer ? Fais attention, la lame coupe comme un rasoir.

Cody hésita et prit le cutter. Il fit glisser la lame le long du nouveau joint en caoutchouc pour couper le surplus de toile.

— C'était facile, finalement, s'écria-t-il en contemplant son ouvrage. On dirait que ça n'a jamais été déchiré.

— C'est la magie du travail bien fait. Allez, on l'accroche et…

Dylan s'interrompit en plein mouvement quand Abby entra dans son champ de vision.

— Oh ! Salut, Abby.

Cody lâcha un juron à mi-voix puis se tourna aussi en direction de sa mère.

— Maman, je peux t'expliquer…

— Je n'attends que ça ! Tu sais ce que le proviseur a dit, si tu continuais à sécher les cours.

Elle traversa la pièce pour rejoindre son fils, prenant un air fâché même si elle se réjouissait qu'il ne soit pas en train de boire, de se droguer ou de s'attirer des ennuis. Les deux dernières années avaient été… chaotiques. Et ce n'était pas peu dire ! C'était pour ça qu'elle avait commencé à emmener Cody au centre communautaire. Elle avait espéré y trouver un bon moyen de canaliser les peurs et la colère de son garçon de seize ans abandonné deux fois par son père. Hélas, jusqu'à maintenant, Cody n'avait pas cherché à s'impliquer dans la vie du centre. Le voir travailler auprès de Dylan avait été une révélation pour elle. Mais ce n'était pas suffisant pour lui permettre de ravaler sa frustration.

— Tu ne comprends pas que tu es à ça de te faire virer ? On ne te demande qu'une chose, Cody, une seule : aller en cours.

En un éclair, l'étincelle qui avait brillé dans les yeux de son fils s'éteignit.

— Je sais. J'ai juste été stressé parce que Mme Deets est encore sur mon dos, alors j'ai préféré sécher et venir ici.

— On en a déjà parlé, Cody. Tu ne peux pas faire des choses pareilles.

Elle passa la main dans ses cheveux et soupira, désarmée.

— Je m'inquiète pour ton avenir, tu comprends ?

— Tu m'as déjà sorti ce baratin, maman. Pas besoin de recommencer.

Ne sachant plus quoi faire, elle se tourna vers Dylan.

— Et toi ? Pourquoi ne l'as-tu pas reconduit au lycée ?

— Parce que je me suis dit qu'il ferait de nouveau le mur dès que j'aurais le dos tourné. Mieux valait qu'il reste avec moi et fasse quelque chose de constructif. Je l'ai autorisé à bricoler ici, en échange de la promesse de ne rater aucun cours la semaine prochaine. Et puis, il y a tant de réparations à faire que l'on n'est pas trop de deux ! On a rebouché le trou du mur de l'entrée, réparé la fuite d'un des robinets de la cuisine et, maintenant, on s'attaque aux moustiquaires. Il a très bien travaillé, vous savez.

À ce compliment, Cody redressa la tête et regarda Dylan avec un mélange de surprise et de joie. Il n'avait pas eu beaucoup de modèles masculins dans sa vie, et aucun qui avait su s'attirer son affection aussi vite que Dylan, songea Abby, sentant sa colère tomber peu à peu.

— J'ai même appris à boucher les trous, maman, dit-il en montrant le mur. Regarde ! On oublierait presque que Leon a mis son poing dedans.

Abby voyait la fierté illuminer le visage de son fils. L'intérêt. Deux choses qui n'étaient plus arrivées depuis des mois. En un instant sa colère s'envola, et elle sentit sa gorge se nouer.

— C'est bien, Cody. Très bien, même.

— Je sais que tu vas me traîner au lycée, comme à chaque fois, reprit Cody d'un air sombre, les yeux sur ses baskets. Mais Dylan a vraiment besoin d'aide pour les fenêtres, aujourd'hui. Il y a une vitre cassée, et il a peur que quelqu'un en profite pour cambrioler le centre.

Elle voulut protester, dire à Cody que, oui, elle était venue pour le conduire au lycée, mais elle perçut de nouveau l'enthousiasme qui brillait dans ses yeux et décida qu'il n'était plus à un jour près. Peut-être que la sensation du travail bien fait qu'il découvrait l'aiderait à reprendre pied. Après tout, ce n'était que quelques cours manqués.

— D'accord. C'est gentil de ta part d'aider Dylan. Vous savez quoi ? Je vais aller vous chercher un casse-croûte. Je suis sûre que vous êtes affamés à force de bosser.

— Tu veux dire que je peux rester ici ? demanda Cody, incrédule.

Abby résista à l'envie de lui ébouriffer les cheveux, ce qu'il détestait. Il avait l'air d'avoir de nouveau quatre ans, comme Jake quand elle l'autorisait à rester sur l'aire de jeux une demi-heure de plus. Pour une fois, il ne se rebellait pas, ne boudait pas, ne protestait pas, alors que cela semblait être devenu sa routine. Il était redevenu le vrai Cody, le fils qui lui manquait tant…

Et rien que ça méritait bien une journée de cours manqués.

— Oui, tu peux rester, répondit-elle avant de jeter un coup d'œil à Dylan. Du moins, si cela ne te dérange pas.

Dylan lui sourit et se tourna vers Cody.

— Pas du tout, au contraire. Mais n'oublie pas ta promesse, mon gars : la semaine prochaine, je ne veux pas que tu sèches un seul cours.

— OK, répondit Cody.

— Parfait. Dans ce cas, je vais chercher des sandwichs et je reviens, proposa Abby.

Elle sortit du centre avant que son fils puisse voir les larmes qui lui montaient aux yeux. Elle laissa la porte se refermer sur elle et fit quelques pas sous le doux soleil de Caroline du Nord.

— Abby ? Merci de laisser Cody passer la journée ici.

Elle fit volte-face, surprise d'entendre la voix de Dylan dans son dos. Elle s'efforça de sourire mais sentit rapidement sa lèvre trembler. En dépit de ses efforts, elle était sur le point de s'effondrer. Elle fouilla dans son sac d'une main tremblante, en tira ses lunettes de soleil et les glissa devant ses yeux.

— Merci de lui permettre de t'aider, répondit-elle. Il n'a encore jamais eu l'occasion de faire ce genre de choses, et on dirait que le travail manuel lui plaît.

— C'est un bon gamin.

Dylan s'avança vers elle.

— Je sais que tu as eu des problèmes avec lui, ces derniers temps. Je sais qu'il sèche les cours et qu'il s'attire toutes sortes d'ennuis.

— Il t'a raconté ?

— Non, pas de manière aussi claire. Je…

Il jeta un coup d'œil par-dessus son épaule, pour s'assurer que Cody ne les écoutait pas.

— Je me retrouve beaucoup en lui. J'étais pareil, à son âge. En colère contre le monde entier et prêt à fuir au premier signe de difficulté.

En quelques mots à peine, Dylan venait de résumer toutes les angoisses qu'elle gardait pour elle depuis des mois, songea Abby. Elle secoua la tête, et les larmes qu'elle avait tant de mal à retenir mouillèrent ses cils.

Elle faisait tellement d'efforts pour rester forte, pour tout gérer sans l'aide de personne. Mais, à cet instant, le stress et l'inquiétude prirent le dessus. C'était trop. Jake voulait un chiot, ce dont rêvent tous les gamins, et cette simple idée prenait des allures de cauchemar. Elle arrivait à peine à tenir debout, pour ses enfants et son travail. Quand le lycée avait appelé, ce matin, le peu de contrôle qu'elle arrivait à garder avait cédé sous une bouffée de panique. Et maintenant qu'elle savait que Cody allait bien, qu'il faisait quelque chose de constructif au lieu de traîner n'importe où, elle était sur le point d'éclater en sanglots.

— C'est si dur, parfois, tu sais, d'être une mère célibataire obligée de jouer sur tous les tableaux en même temps…, murmura-t-elle. Mes amies ne comprennent pas, parce qu'elles ont toutes des maris, des compagnons ou des grands-parents pour alléger le fardeau, mais je suis toute seule, et Cody arrive à l'âge où il aurait besoin d'une bonne influence masculine dans sa vie. Ty arrivait à tenir ce rôle, mais quand Virginia est morte, il s'est refermé sur lui-même, et Cody a recommencé à dérailler.

Dylan lui prit la main avec douceur, interrompant ses confidences tremblantes. Ses paumes étaient chaudes, puissantes, réconfortantes. Il serra un peu ses doigts entre les siens.

— Il va s'en sortir, Abby. Je te l'ai dit, c'est un bon gamin.

Elle leva les yeux sur lui. Elle avait besoin qu'il la rassure ainsi, ne serait-ce qu'un instant. Le temps de reprendre le contrôle et de redevenir la femme forte et indépendante qu'elle était.

— Tu le penses vraiment ? Tu penses que ça ira ?

Que faisait-elle ? Était-elle réellement en train de demander à un parfait inconnu de prédire l'avenir de son fils ? Peut-être était-ce un problème d'hormones. Ou juste qu'elle était épuisée, vidée de son énergie par le seul fait de devoir élever deux garçons seule tout en faisant carrière dans une agence de marketing pour les habiller et les nourrir. Peut-être était-ce parce qu'elle avait l'impression de ne rien réussir comme elle l'aurait dû.

— Je n'ai pas de boule de cristal, mais je pense qu'il est prêt à trouver un meilleur moyen de mener sa vie, répondit Dylan. Peut-être que passer un peu plus de temps à donner des coups de main au centre lui apportera un sentiment de fierté. L'impression d'être utile. Je sais que c'est comme ça que je me suis repris en main, grâce au travail de construction et de rénovation de bâtiments. Quand on voit une maison, une pièce ou même une table prendre forme sous ses mains, on a l'impression de pouvoir conquérir le monde.

Abby aimait bien sa manière de parler de son travail. Et en ce qui concernait Cody, elle était convaincue que cette sensation de fierté et d'utilité pourrait le transformer. Il vivait depuis si longtemps avec la conviction que son père ne se souciait pas de lui… La psychologue chez qui Abby l'avait emmené une ou deux fois prétendait qu'il avait besoin d'un canal pour exprimer ses émotions, un moyen d'extérioriser. Jake y arrivait grâce au dessin, mais Cody avait tendance à tout garder pour lui. Et là, les deux fois où elle l'avait vu avec Dylan, elle avait eu l'impression qu'il sortait de sa coquille et du fond de ses sweats à capuche si rassurants !

Une vague de réconfort monta en elle. L'espace d'un instant, elle sentit qu'elle n'était plus seule.

— Cody a besoin de tout ça, dit-elle. Vraiment.

— Dans ce cas, laisse-le venir me donner un coup de main, à l'occasion. On est samedi, demain, et s'il est prêt à se lever tôt, il pourra m'aider à réparer le placard abîmé de la cuisine et à remplacer quelques carreaux cassés. Ty m'a fait une longue liste de travaux en souffrance, et j'aimerais en faire le plus possible tant que je suis là.

— Quand nous avons fait les sandwichs, hier, j'ai bien vu à quel point la cuisine était vide. Je pensais profiter du week-end pour aller au supermarché et acheter quelques provisions pour le centre. On dirait que Ty manque de tout.

— Tante Virginia s'occupait de toutes les commandes. Il est perdu sans elle. Tout le monde l'est.

Dylan lâcha soudain sa main, comme s'il venait de se rendre compte qu'il la tenait.

Un petit frisson de déception la traversa, mais elle fit de son mieux pour n'en rien laisser voir. Elle ne pouvait pas se permettre de dépendre de qui que ce soit. Elle commençait déjà à apprécier Dylan, à avoir envie de passer du temps avec lui. Il était facile de voir ce qui attirait tant Cody, chez lui. Dylan était sûr de lui, posé, mais aussi patient et chaleureux. Sans compter qu'il se souciait des gens : de son oncle, de Cody. Elle aurait facilement pu s'habituer à cette nature généreuse comme on s'appuie sur une béquille pour avancer… Cette simple idée suffit à lui faire comprendre qu'elle s'aventurait en terrain glissant.

— Euh… Quel genre de sandwich veux-tu ? s'enquit-elle.

— Je ne suis pas difficile. Surprends-moi.

— Je ne voudrais pas te décevoir.

— Tu ne me décevras pas, Abby. Crois-moi.

Il se tourna vers le centre avant de se raviser et de poser la main sur son bras.

Cette fois, le contact de ses doigts éveilla une vraie flamme sous sa peau, et elle leva les yeux, surprise par le courant électrique intense qui passait entre eux. Elle eut soudain une irrésistible envie de presser ses lèvres sur les siennes, pour s'enivrer de son parfum…

— J'ai une idée, dit-il.

— Ah bon ?

Oh Seigneur ! Pourquoi sa voix tremblait-elle ainsi ?

— Je pourrais passer te prendre avec les garçons, demain matin, qu'est-ce que tu en dis ? suggéra-t-il. On pourrait aller chercher les provisions que tu voulais acheter et tu pourrais m'accompagner au magasin de bricolage. J'ai quelques commandes à passer, des choses qu'Ernie ne vend pas, et je suis sûr que les garçons adoreront voir les outils et les chariots élévateurs.

Elle le fixa sans répondre. L'espace d'un instant, elle avait cru qu'il allait l'inviter à sortir avec lui… Il lui fallut quelques secondes pour comprendre ce qu'il avait dit. Il ne lui proposait pas un rendez-vous du tout… Une déception inexplicable et parfaitement absurde l'envahit. Après tout, elle n'avait pas de place dans sa vie pour une autre dose de testostérone.

— Bien sûr, finit-elle par répondre. Si cela ne te dérange pas, évidemment. Je suis sûr que les garçons adoreront.

— Super ! dit-il, souriant. Rendez-vous pris !

Pour un tour dans un supermarché et un magasin de bricolage…

Elle fit de son mieux pour sourire.

— Ça marche.

Tout en prenant place derrière son volant et en quittant le parking du centre communautaire, elle fit de son mieux pour ravaler ses regrets, les ignorer. Elle n'avait absolument pas besoin de tomber sous le charme d'un autre homme au sourire ravageur et qui savait trouver les bons mots pour la faire vibrer. Elle avait assez donné, merci bien ! Parce que sous les belles paroles, il n'y avait au final que du vide. Parce que les cœurs qui finiraient brisés après le passage de la tempête seraient ceux de ses deux garçons qu'elle essayait de protéger envers et contre tout.

Elle jeta un rapide coup d'œil dans le rétroviseur et vit Dylan qui parlait à Cody, près de la fenêtre qu'ils venaient de réparer. Son cœur se serra un peu, et elle pria en silence pour qu'on lui donne tort, pour que rien de mauvais ne se cache sous le sourire de Dylan.

4

Tôt le lendemain matin, Dylan emprunta le pick-up rallongé de son oncle. Le moteur gronda et vibra en s'engageant sur la petite route. Encore une chose qui arrivait à bout de souffle et qu'il faudrait réparer… Dylan ajouta à sa liste déjà longue de jeter un coup d'œil sous le capot, en fin de journée. Il n'était pas mécanicien, mais il savait tout de même effectuer des réparations de base sur un moteur.

Il se gara dans l'allée d'Abby. Elle vivait dans une petite maison de Peach Street, une impasse remplie de bicyclettes d'enfants, de balançoires et équipée d'un panier de basket installé au bord du bitume. La maison d'Abby était un peu plus vieille que les autres, datant peut-être des années cinquante, mais elle était bien entretenue. Une plate-bande de géraniums apportait une touche de couleur à la façade, et une balancelle de bois était accrochée sous le porche, oscillant paresseusement sous la brise.

Dylan se serait presque attendu à une clôture de bois blanc et à voir un golden retriever courir dans le jardin. Bref, c'était une maison tout droit sortie d'une *sitcom*, le genre qu'il avait fui toute sa vie. Elle transpirait l'engagement, la vie de famille et…

Les entraves. Les attentes. Les déceptions.

Jake passa soudain sa tête par la porte. Il portait dans

ses bras un chiot au pelage fauve, comme pour apporter la touche finale au parfait tableau de vie de famille que Dylan avait imaginé. L'apercevant, il lui fit de grands signes de la main, souriant d'une oreille à l'autre, tout en maintenant le chiot contre lui de l'autre bras. Abby apparut à son tour, s'accroupit et gronda son fils avec douceur. Celui-ci se précipita dans le jardin voisin, posa le chiot dans un petit enclos de bois puis revint, la tête basse et l'air déçu.

La porte d'entrée s'ouvrit une seconde fois pour livrer passage à un Cody à moitié endormi et clairement agacé d'avoir dû se lever aussi tôt un samedi. Abby remonta la fermeture Éclair de la veste de Jake, appuya sa paume contre son petit cœur et sourit. Jake lui rendit son sourire, se hissa sur la pointe des pieds et la serra dans ses bras.

Dylan sentit son cœur se serrer. La scène qui se déroulait sous ses yeux – Abby et ses fils sous le porche, trio brun encadré par la façade jaune pâle de la maison – dégoulinait d'amour et de bons sentiments. Il aurait dû se sentir plus cynique. Blasé.

Mais au lieu de ça, il était…

Envieux.

C'était absurde. Il vivait libre, comme ces buissons qui traversent les routes du Texas. Il n'était pas du genre à s'enraciner au milieu des géraniums, devant une balancelle.

Il fit de son mieux pour se concentrer sur ce qu'il avait prévu de faire, descendit sa vitre et se pencha pour lancer :

— Bonjour, tout le monde ! Vous êtes prêts ?

— Oui ! s'écria Jake. Maman dit qu'on va voir un camion élévateur !

Dylan ne put réprimer un petit rire.

— Un chariot élévateur. Et oui, je suis sûr qu'on en verra au moins un, aujourd'hui.

Abby poussa gentiment Jake en direction des marches.

— Allez vous installer, les garçons. On ne va pas faire attendre Dylan.

Traînant les pieds, Cody alla ouvrir l'une des portières arrière pour son petit frère, installa un rehausseur sur le siège et laissa Jake grimper.

— Salut, Dylan, dit le gamin en se penchant presque jusqu'au siège avant. On va construire des trucs, aujourd'hui ? Tu crois qu'on pourra faire une niche, un jour ? Au cas où on aurait un chien ?

— Peut-être, Jake, répondit Dylan avant de se tourner vers Cody qui venait de se laisser tomber de l'autre côté de la banquette. Salut, Cody.

L'adolescent lui répondit d'un vague signe de tête.

Au moins, il ne s'était pas changé en zombie pendant la nuit… Pendant une seconde ou deux, Dylan n'en avait pas été sûr. Et sans être débordant d'enthousiasme, Cody semblait au moins avoir laissé sa mauvaise attitude au vestiaire. Un bon signe pour la journée à venir.

Abby s'installa sur le siège passager. Elle portait un jean, un vieux T-shirt gris et un sweat-shirt zippé à capuche bleu qu'elle n'avait pas refermé. Ses cheveux étaient attachés en une queue-de-cheval haute qui se balançait à chaque mouvement de tête. Elle avait réduit son maquillage au minimum. Elle était belle. Simplement belle.

Bon sang ! Voilà qu'il se mettait à faire de la mauvaise poésie. Sans doute était-ce la nuit trop courte ou le manque de caféine. Il était parti en retard et avait quitté le B & B sans avaler son habituelle tasse de café. Oui, ça devait être ça.

— Bonjour, lança Abby quand elle eut refermé la portière.

— Bonjour.

Il sourit.

— Je vois que vous êtes prête pour travailler dur.

— Je n'ai aucun talent pour le bricolage, mais je promets de rester de bonne humeur.

— Dans ce cas, la bataille est déjà à moitié gagnée. Le talent, ça s'apprend.

Il jeta un coup d'œil dans le rétroviseur. Cody était assis, les bras croisés et les sourcils froncés. Apparemment, la bonne humeur n'avait pas gagné toute la famille Cooper.

— Jake, Cody, vos ceintures ! dit-il.

L'adolescent leva les yeux au ciel mais obéit sans protester. Jake tira sur sa ceinture et la boucla d'un air très appliqué, puis il croisa les bras aussi, frémissant d'impatience.

Un supermarché et un grand magasin de bricolage avaient été construits à la sortie de Stone Gap, à une vingtaine de minutes du centre-ville. Jake commença à bavarder avant même que le pick-up ait quitté l'allée de la maison.

— Qu'est-ce qu'on va construire, Dylan ? Tu crois que je pourrai me servir d'un marteau ?

— Peut-être. D'abord, nous allons devoir acheter du matériel et, après, on verra ce que l'on peut construire.

— Je ne sais pas comment me servir d'un marteau, tu sais…, fit remarquer Jake.

— Pas grave. Je t'apprendrai.

Dylan jeta un coup d'œil à Abby qui souriait. Quand elle se rendit compte qu'il l'examinait, elle s'empressa de détourner la tête.

— Je peux aussi apprendre à ta mère, ajouta-t-il.

Elle éclata de rire.

— J'ai bien peur d'être un cas désespéré ! Qu'on me donne un exposé marketing à mettre au point, et je suis dans mon élément. Mais réparer une fuite ou accrocher un tableau au mur… Disons simplement que j'utilise surtout de la colle forte et du scotch pour réparer ce qui se casse, chez moi.

— Ce sont aussi des outils valables, répondit Dylan, toujours souriant. Mais si tu as un jour besoin d'aide, je serai ravi de te donner un coup de main. C'est mon boulot, après tout.

Un peu inquiet, il guetta sa réaction mais elle se contenta de sourire.

— D'accord, j'y penserai, répondit-elle.

Se montrait-elle juste polie ou bien était-elle sincère ? D'ailleurs, pourquoi était-ce si important pour lui ? Ce n'était pas comme s'il avait prévu de s'installer à Stone Gap pour de bon ! Mieux valait ne pas oublier qu'Abby était le genre de femme à fonder une famille et à planter des géraniums, alors que lui pliait bagage sans même laisser aux géraniums le temps de fleurir.

Jake continua à parler sans s'arrêter, posant mille questions sur les marteaux, les clous, les portes et à peu près tout ce qui lui venait à l'esprit. La conversation tournait en circuit fermé, passant des marteaux aux chiens et revenant aux clous. Dylan finit par lancer un petit regard surpris à Abby qui avait l'air habituée à ce babillage intensif.

— C'est toujours comme ça, avec les gamins de son âge ? demanda-t-il à mi-voix.

Elle se mit à rire.

— Oui. L'esprit de Jake file à un million de kilomètres à l'heure, et c'est l'un des enfants les plus créatifs que j'aie jamais rencontrés. Tu t'y feras, promis.

Il aurait voulu protester, mais annoncer à haute voix qu'il ne comptait pas s'attarder en ville aurait sans doute été le meilleur moyen de gâcher l'ambiance légère qui régnait dans le véhicule. Abby n'était qu'une amie et ses enfants étaient... ses assistants du jour. Des assistants inexpérimentés et bruyants, certes, mais tout de même utiles.

Avant d'entrer dans le magasin de bricolage, Dylan prit un Caddie orange vif, espérant qu'un seul serait suffisant. Puis tous quatre entrèrent et s'engagèrent dans une première allée.

Jake n'arrêta pas une seule fois de parler pendant toute la visite du magasin, tandis que Dylan entassait dans le Caddie quelques panneaux de Placoplatre, du contreplaqué, une boîte de carrelage de remplacement pour les toilettes et un monceau de fournitures diverses.

— Bon, je crois que l'on a assez dévalisé les rayons,

déclara-t-il. Je dois encore commander le plan de travail, et on pourra passer en caisse.

Cody n'avait pas prononcé deux mots depuis leur arrivée. Il n'avait pas non plus paru très intéressé par le matériel que Dylan achetait et n'avait pas quitté son téléphone des yeux. Abby avait essayé de lui parler plusieurs fois mais n'avait eu droit qu'à des haussements d'épaules et des grognements pour toute réponse.

— Cody, tu voudras bien m'aider à charger tout ça dans le pick-up pendant que ta mère et Jake iront nous chercher des hot-dogs ? demanda Dylan.

Il se tourna vers Abby et lui tendit un billet.

— Si ça ne te dérange pas, bien sûr, ajouta-t-il. J'ai vu un stand juste à la sortie du magasin.

— Pas de problème, répondit-elle en prenant la main de son cadet. Allez viens, Jakester. On part en mission hot-dogs.

— J'adore les hot-dogs ! s'exclama Jake avant de lever les yeux vers son grand frère. Et toi, Cody, tu adores aussi ?

Cody haussa les épaules.

— J'aime bien.

— Dans ce cas, je vais t'en rapporter un, d'accord ?

Il sourit une fois de plus à son grand frère qui répondit à moitié, avant de suivre sa mère.

Dylan passa sa commande, paya et rejoignit le pick-up avec Cody.

— Tu vas vraiment le faire ? demanda soudain Cody en levant enfin les yeux de son téléphone.

— Faire quoi ?

— Apprendre à Jake à réparer des trucs. Tu ne vas pas te contenter de le larguer à la maison au passage ?

— Non ! Bien sûr que non. Pourquoi est-ce que je…

Il s'interrompit, comprenant soudain d'où venait cette question. Un père absent. Deux garçons élevés par une mère seule et débordée. Un adolescent déçu par son père qui voulait s'assurer que l'on ne déçoive pas les espoirs de son petit frère.

Dylan avait l'impression de voir une image de Sam et lui, dans ces deux garçons – enfin, Sam et lui plus jeunes, quand ils s'entendaient encore bien. Il vit aussi une lueur d'espoir traverser le regard de Cody, vite disparue.

— Je pensais ce que j'ai dit, reprit Dylan sans quitter l'adolescent des yeux. Je vais vous apprendre à bricoler, à tous les deux. Et même à votre mère, si elle en a envie.

Cody réfléchit un instant à ces paroles puis attrapa une planche de contreplaqué pour la charger à l'arrière du pick-up.

— OK, dit-il.

Ils chargèrent le reste de leurs achats et ne finirent qu'au moment où Abby et Jake revenaient avec les hot-dogs. Elle jeta un rapide coup d'œil à son aîné, puis à Dylan. Cody n'avait pas beaucoup parlé, mais son humeur s'était clairement améliorée, et Dylan vit le soulagement d'Abby illuminer ses traits.

— Merci pour le casse-croûte ! dit-il.

— De rien. Même si tes artères ne seront peut-être pas d'accord avec le menu du jour, précisa-t-elle en lui tendant un des hot-dogs. Moi, ça ne m'arrêtera pas. Je crois que je n'en ai pas mangé depuis des années ! Mes fils te le diront : je ne suis pas fan de *junk food*, d'habitude.

— La vie est courte, Abby. Tu as le droit de t'offrir un peu de *junk food* de temps en temps. Ça te permettra de mieux apprécier ton prochain repas sain.

Elle éclata de rire.

— Je ne suis pas sûre de comprendre ta logique, mais je veux bien essayer.

Cody prit son hot-dog et s'installa sur la banquette. Jake se hissa sur son rehausseur, à côté de son grand frère, et se lança dans le récit excité de son aventure au stand de hot-dog, en passant par la description de l'oiseau qu'il avait vu sur le parking et la tache de moutarde sur son T-shirt.

Abby contempla ses garçons d'un air à la fois attendri et mélancolique.

— Ces deux-là sont le jour et la nuit, murmura-t-elle. Jake est né joyeux et bavard, tandis que Cody a toujours été silencieux. C'était le bébé parfait, crois-moi. Il mangeait bien, il a fait ses nuits très tôt. Jake, lui, avait déjà de l'énergie à revendre. Il gigotait dans tous les sens, refusait de dormir. Maintenant, Cody est…

Elle s'interrompit un instant, le regard soudain triste.

— Ce n'est peut-être que la crise d'adolescence, conclut-elle en soupirant.

Dylan repoussa le Caddie vers les autres d'un coup sec et le regarda se glisser dans son emplacement, en bout de file.

— Tes fils sont de bonnes personnes, Abby.

— Merci.

Un sourire timide dansa sur ses lèvres, et Dylan comprit que c'était là son point sensible. Dès qu'elle songeait à ses garçons, Abby avait tendance à quitter son armure – enfin, juste un court instant. Et il aimait ça.

Bien sûr, il n'avait pas l'intention de se faufiler dans leur vie pour devenir le père de famille que l'on voit dans les vieilles séries télé, mais il pouvait s'offrir le plaisir de passer un samedi en compagnie de cette femme et de rendre la journée amusante pour ses enfants. Il rassembla les emballages de leurs hot-dogs et les jeta dans la poubelle la plus proche.

— Avant d'aller au centre, je peux te déposer chez toi, si tu veux, et raccompagner les garçons quand on aura fini, dit-il. Tu n'es pas obligée de venir nous aider, si tu as des choses à faire.

— Non, je veux venir. Le centre communautaire est un lieu important pour moi aussi, répondit Abby avant de grimper dans le pick-up.

Elle attendit qu'il soit installé sur son siège avant d'ajouter :

— Depuis quelque temps, j'essaie d'obtenir une subvention pour permettre à Ty de faire des travaux de remise aux normes, peut-être même agrandir le bâtiment. Seulement, ce genre de demandes n'est pas ma spécialité, et je n'ai pas encore obtenu de réponse favorable.

Dylan la regarda, surpris. À l'exception de son oncle et de sa tante, Abby était la première personne qu'il rencontrait qui semblait tenir au centre autant que lui. Encourageant… Après tout, le travail d'équipe était toujours plus efficace que les efforts solitaires. Pour la première fois depuis son arrivée en ville, il songea qu'il n'était peut-être pas trop tard pour sauver le centre, en fin de compte.

— Super ! s'exclama-t-il. Je ne savais pas que ce genre de subventions existait.

Abby haussa les épaules.

— Ce ne sera super que si on l'obtient.

Toujours avec le bavardage de Jake en fond sonore, ils prirent la direction du supermarché.

Abby avait établi une liste très organisée, et ils eurent terminé leurs courses en moins d'une demi-heure. Les garçons les aidèrent à charger les sacs dans la voiture.

Dernière étape : le centre communautaire.

Cody avait fermé les yeux, et sa tête ballottait au rythme des virages. Il dormait. Jake, lui, était plongé dans sa console portable, leur offrant un moment de calme… appréciable.

— Je suis sûr que tu décrocheras cette subvention, déclara Dylan au bout de quelques minutes. Et, quoi qu'il arrive, sache que tout ce que tu fais aujourd'hui sera très apprécié. Ty a besoin de l'aide de tout le monde, en ce moment, surtout pour rendre sa vie au centre communautaire.

— Même si cette aide vient de gens qui savent à peine tenir un marteau ?

Il sourit.

— Ne t'en fais pas. Avant ce soir, tu seras une experte, et les garçons seront prêts à ouvrir leur propre entreprise de maçonnerie.

— J'y compte bien !

Elle se tourna vers la vitre et regarda défiler le paysage.

Elle jetait de temps à autre de petits coups d'œil à ses fils, comme pour s'assurer qu'ils étaient toujours là. Elle vérifia aussi une ou deux fois son téléphone. Le reste du temps, elle restait parfaitement immobile.

Dylan ne relança pas la conversation. Abby lui avait un peu parlé de sa vie difficile, de ses soucis, ses inquiétudes. Il décida donc de la laisser tranquille.

Quelques minutes plus tard, il se garait sur le parking du centre communautaire.

Il n'ouvrait qu'à 15 heures, le samedi – un grand recul par rapport à l'enfance de Dylan, quand le centre accueillait les enfants toute la journée ! Le nouveau panneau écrit à la main indiquant les horaires modifiés devait avoir été placé sur la porte par Ty, pour limiter ses heures de présence sur place.

Autrefois, Virginia et lui organisaient des journées jeux et des soirées cinéma le week-end, mais le planning était vide, à présent. Depuis combien de temps le centre tournait-il au ralenti ? Un flot de culpabilité envahit brusquement Dylan. S'il avait été là…

Seulement il était bien loin de Stone Gap quand sa tante était morte, et rien ne pourrait changer cela. Tout ce qu'il pouvait faire, maintenant, c'était essayer d'améliorer le présent.

Cody redressa la tête à l'arrêt du moteur.

— On y est ! annonça Dylan. Déchargeons vite le matériel et mettons-nous au travail. Nous n'avons que quelques heures avant l'arrivée des enfants.

Cody descendit de la voiture et se campa près de la benne, dans une parfaite attitude d'adolescent bougon. Jake, lui, bondissait tout autour de Dylan.

— Alors, qu'est-ce qu'on va faire en premier ? On va construire quelque chose ? Il me faut une ceinture à outils !

Je n'en ai pas, mais je peux faire semblant ! s'écria-t-il en tirant sur les passants de son jean.

Dylan ne put s'empêcher de rire.

— Tu es très bien comme ça, Jake. D'abord, on va réparer les placards cassés de la cuisine pour y ranger toutes les provisions que l'on a achetées.

— Oui !

Jake s'empara d'un sac de courses et se précipita vers le porche. Il sautilla impatiemment, attendant que Dylan le suive et ouvre la porte. Dès qu'il put entrer, il courut vers la cuisine.

— J'aimerais bien que tous mes ouvriers soient aussi motivés que lui, murmura Dylan à l'oreille d'Abby.

— Et moi, j'aimerais qu'il soit aussi motivé quand il s'agit de ranger sa chambre !

Elle abandonna sa veste dans l'entrée et jeta un coup d'œil à son fils aîné, toujours dehors.

— Allez, Cody. Mettons-nous au travail.

L'adolescent marmonna qu'il était bien trop tôt pour s'agiter mais entra tout de même et laissa tomber son blouson sur l'un des canapés. Tous trois se dirigèrent vers la cuisine, où les attendait Jake.

— Qu'est-ce que je fais, Dylan ? demanda le petit garçon, surexcité.

— Bon, il n'y a qu'un seul placard à réparer, donc je n'ai pas besoin de tout le monde. Abby et Cody, vous pourriez peut-être commencer à enlever les carreaux cassés des sanitaires. C'est un boulot facile et sans danger, puisque le carrelage est déjà abîmé et le joint tout effrité.

— Tu veux dire… un boulot que je ne risque pas de saboter ? demanda Abby d'un ton moqueur. D'accord, je suis prête, chef !

Elle était tellement enthousiaste à se lancer dans un domaine qu'elle ne connaissait pas que Dylan dut se retenir pour ne pas la serrer dans ses bras. Il se força à se concentrer sur sa boîte à outils et trouva sans peine deux marteaux, des ciseaux et des raclettes. Il les confia à Abby et Cody, avant de se tourner vers Jake qui piétinait d'impatience.

— Pendant que je leur montre quoi faire, tu veux bien me trouver quatre de ces vis ? lui demanda-t-il en lui tendant une boîte en plastique.

— Oui !

Le gamin grimpa sur l'un des tabourets et commença à fouiller énergiquement dans la boîte.

Dylan sourit.

Abby, Cody et lui le laissèrent à son travail et se rendirent dans l'unique sanitaire.

S'il avait eu le temps, Dylan aurait adoré ajouter d'autres toilettes, pour limiter les files d'attente. Hélas, il serait parti bien avant d'entreprendre de tels travaux. Ce qui voulait dire que les plus importantes modifications – comme des sanitaires supplémentaires, par exemple – seraient l'affaire de quelqu'un d'autre. Lui ne pouvait s'occuper que des petites réparations et remises aux normes qu'il pouvait achever en deux semaines.

— Bon, qu'est-ce qu'on fait ? marmonna Cody.

Dylan se secoua et vit que ses deux ouvriers attendaient ses instructions. Il prit les outils des mains d'Abby et s'agenouilla par terre.

— Voilà. Il ne faut enlever que les carreaux cassés. D'abord, on gratte le joint.

Il leur montra comment utiliser le ciseau.

— Faites attention à ne pas érafler les carreaux voisins. Ensuite, une fois que c'est fait, on se sert du ciseau et d'un marteau pour finir de casser le carreau et retirer les morceaux.

— Ça a l'air facile, fit remarquer Abby en tendant la main pour récupérer les outils.

— Attendez. D'abord, enfilez ça.

Dylan fouilla dans sa poche et en sortit deux paires de lunettes de sécurité.

— Hors de question, mec ! s'exclama Cody. Je ne vais pas porter ces lunettes de crétin !

— Tu as intérêt, si tu ne veux pas te retrouver avec un éclat dans l'œil. Crois-moi, ce n'est pas marrant.

Abby mit ses lunettes, et Dylan songea un instant que personne n'avait jamais eu l'air aussi sexy avec des lunettes de sécurité. Il regrettait presque de ne pas être seul avec elle… Puis il se souvint qu'Abby portait le poids d'un tas de responsabilités qui n'étaient pas pour lui.

— Bon… Euh… Si vous avez le moindre problème, appelez-moi, dit-il. Je serai dans la cuisine.

Il s'éloigna bien vite de cette femme qui lui faisait oublier si facilement les vraies raisons de sa présence ici.

Abby s'agenouilla près de Cody et commença à gratter le joint du premier carreau. L'imitant, son fils se mit au travail aussi.

— On devrait s'en sortir, non ? Tu ne crois pas ? lui demanda-t-elle.

Cody grommela.

Abby ne put réprimer un soupir et se redressa.

— Cody, pourquoi est-ce que tu ne me parles pas ?

— Je te parle.

— Un grognement et deux mots, ça ne fait pas une conversation. Dis-moi comment tu te sens au lycée, comment vont tes amis, comm…

— Le lycée, ça craint. Mes amis sont cool, et je n'ai pas envie de parler d'autre chose.

La tête obstinément penchée, il gratta le joint d'un geste rageur.

— Doucement ! N'oublie pas ce que Dylan a dit.

— J'suis plus un bébé, maman ! Arrête de me dire ce que je dois faire.

Abby soupira de nouveau.

À quel moment les choses avaient-elles changé à ce point entre son fils et elle ? Quand donc le petit garçon qui se jetait dans ses bras à la sortie de l'école était-il devenu cet adulte en graine si froid et si distant ? Chaque jour, Cody semblait s'éloigner d'elle un peu plus. Lui en voulait-il du départ de son père ? De travailler aussi tard, le soir, pour joindre les deux bouts ? Ou bien son comportement était-il normal, pour un adolescent ?

Une partie d'elle jalousait Dylan d'avoir réussi si vite à percer la carapace de Cody. Y avait-il un secret qui lui échappait encore ?

Ils travaillèrent une bonne demi-heure ensemble. Elle essaya plusieurs fois de pousser son aîné à parler mais il se contenta de hausser les épaules et de répondre à ses questions par des monosyllabes. Les ciseaux faisaient plus de bruit que lui !

— J'ai fini cette partie, dit-elle finalement en se relevant pour épousseter son jean. Je vais aller voir comment va ton frère. À moins que tu aies besoin d'aide pour…

— Ça ira, maman, répondit Cody, sans lever le nez de son ouvrage.

Incapable de se débarrasser de ses inquiétudes de plus en plus pesantes, elle l'abandonna donc à sa tâche et se dirigea vers la cuisine.

En approchant de la porte de la cuisine, elle entendit Jake jacasser. Comme à son habitude, son cadet était excité comme une puce et bavardait sans s'arrêter. Il décrivait en détail les chiots de la voisine, expliquant à Dylan qu'il leur avait donné des noms et qu'il trouvait le plus petit trop mignon. Dylan se montrait enthousiaste, patient, et Abby l'apprécia un peu plus pour ça. C'était agréable de le voir si proche des garçons. Rassurant.

Cela le rendait très… attachant.

Cette pensée fit hurler une alarme stridente à ses oreilles.

Mieux valait faire attention : elle ne pouvait pas laisser ses quelques conversations avec Dylan l'aveugler.

— Est-ce qu'on peut réparer d'autres trucs ? demanda Jake. Ma fenêtre, par exemple ? Parce que maman dit qu'elle est cassée, et j'aimerais l'ouvrir quand il fait trop chaud. Et si j'ai un chien, un jour, il aura chaud aussi.

Dylan rit.

— Oui, je pourrai m'en occuper plus tard, si tu veux. Mais pour le moment, concentrons-nous sur ce que nous avons à faire ici. Tu aimerais m'aider à remplacer la cloison du bureau ?

— Un mur tout entier ? Oui !

Dylan émergea de la cuisine et se figea quand il se retrouva devant Abby.

Elle recula d'un pas, bêtement, puis se rappela pourquoi elle était venue le voir.

— On a fini d'enlever les carreaux cassés, dit-elle.

— Super ! Je poserai les nouveaux ce soir, quand le centre sera fermé. Personne ne doit marcher dessus tant que la colle n'est pas sèche.

— Vous avez terminé le placard ?

— Oui. Mon fidèle apprenti et moi, on a aussi rangé les provisions. Elles ne sont peut-être pas organisées comme Ty en a l'habitude, en revanche.

— Je suis sûre que ça ira. Merci, Dylan. C'est très gentil de faire tout ça pour lui.

Elle s'approcha insensiblement. Intriguée. Attirée, en dépit du bon sens. Cet homme, qui savait parler à ses enfants, qui les aidait sans se poser de questions… À chaque fois qu'elle le voyait, elle avait envie que le temps s'arrête pour profiter un peu plus de sa présence.

Il haussa les épaules mais ne la quitta pas des yeux. Quelques secondes de silence s'écoulèrent.

— Pas de souci, finit-il par dire.

Jake sortit de la cuisine au même instant, un tout petit marteau glissé dans la poche de son jean.

— J'ai été super utile, maman ! Dylan me l'a dit.

— C'est vrai, confirma Dylan. Et maintenant, il va m'aider à remplacer une cloison.

Dylan la contempla un instant avant d'ajouter :

— Tu veux jouer avec nous ?

— Bien sûr ! répondit-elle en gonflant son biceps. Comme ça, je pourrai ajouter une ligne sur mon CV.

— Si tu passes assez de temps avec moi, tu finiras par devenir une bricoleuse confirmée. Je vais chercher du matériel dans le pick-up, je reviens, dit-il avec un sourire avant de s'éloigner.

Elle le suivit des yeux, songeuse.

« Si tu passes assez de temps avec moi. » Pourquoi ces quelques mots résonnaient-ils si fort à ses oreilles ? Pourquoi suivait-elle Dylan du regard en permanence, ou pensait-elle autant à lui ? Depuis ce matin, elle avait plus souri que pendant toute la semaine précédente ! Sans doute était-ce parce qu'elle passait du temps avec ses garçons. Oui, ça ne pouvait être que ça.

Quand Dylan revint avec deux plaques de Placoplatre, Jake se précipita pour lui ouvrir la porte tout en se lançant dans une nouvelle litanie de questions. Abby ne put s'empêcher de sourire, une fois de plus. Une pile de dossiers l'attendait peut-être chez elle, mais elle se sentait bien en cet instant. Heureuse. Détendue.

Dylan posa son fardeau contre le mur puis jeta un coup d'œil par la porte des toilettes.

— Cody ? Ça t'intéresse, un boulot de démolition ?

— Tu veux dire que je vais pouvoir casser quelque chose ?

— Ouais. Prends ton marteau.

— Cool !

Cody sortit des sanitaires, son marteau glissé dans sa poche, comme Jake. Ce dernier se précipita vers lui et imita sa posture nonchalante. Cody lui ébouriffa les cheveux avec ce qui ressemblait à un sourire.

Eh bien, si c'était le prix à payer pour que son ado émerge de son nuage de colère, Abby allait peut-être devoir inviter Dylan chez elle pour démolir des choses. Le revers de la médaille, c'était que Dylan risquait de transpirer et d'enlever son T-shirt…

Non. Pensée dangereuse. À bannir.

Dylan disposa son équipe en rang d'oignons face au mur. Une fuite qui s'était déclarée dans le toit au printemps avait abîmé la cloison, laissant derrière elle de longues traînées couleur rouille.

— Bien ! Cody, tu commenceras par ce bout. Jake, tu t'occupes de cette partie, et Abby de celle d'à-côté.

— Moi ? balbutia-t-elle quand elle comprit que Dylan la plaçait près de lui.

Il s'approcha un peu plus. Son sourire l'attira, comme un papillon face à une lampe. Il avait un air si paisible, si joyeux, qui lui allait comme un vêtement confortable.

— Tu n'as pas un peu de stress à exorciser ? s'enquit-il.

— Euh… Si.

Sauf que ce n'était pas le stress qui la rendait nerveuse, en ce moment. C'était la tentation de l'embrasser. L'envie de savoir ce que cela ferait, de sentir ses bras se refermer sur elle…

Seulement cet homme n'était pas fait pour elle. C'était un charmeur, un voyageur sans attaches. Un homme qui n'avait aucun lien avec qui que ce soit et qui n'en voulait pas.

Hélas, cela ne l'empêchait pas d'avoir envie de se rapprocher de lui, ou de fantasmer sur lui. Elle le désirait. C'était ce qui l'avait poussée à lui rentrer dedans accidentellement une ou deux fois, depuis ce matin. À chaque fois qu'elle le touchait, ses joues s'empourpraient, et son cœur se mettait à battre la chamade.

— Oui, on peut dire que j'ai besoin d'exorciser mon… stress, reprit-elle. Je dois frapper où ?

Dylan tira un gros marqueur noir de sa poche arrière et dessina une grande croix sur le mur.

— Juste là. Une fois que tu auras fait un trou, arrache le vieux Placoplatre à la main. Crois-moi, c'est la meilleure des thérapies.

— Et… Les fils électriques ? demanda-t-elle en lui montrant la prise, au pied du mur. Mon instinct de maman refuse de faire un voyage aux urgences, aujourd'hui.

— J'ai coupé le courant, ne t'en fais pas. Et de toute manière, je me réserve la partie où passent les gaines, au cas où. Vous trois n'avez rien à craindre.

Il lui indiqua la cloison d'un signe de tête.

— Allez. Lâchez-vous.

Jake fut le premier à frapper, creusant un petit trou de la taille de son marteau miniature. Cody l'imita, avec beaucoup plus de succès : tout un pan du mur s'écroula à ses pieds. Dylan et lui se tournèrent ensuite vers Abby.

— Vas-y, l'encouragea Dylan. Déchaîne-toi.

Abby prit son marteau à deux mains, inspira profondément puis frappa la croix de toutes ses forces. Elle rata la cible d'une bonne dizaine de centimètres mais fit un gros trou dans le mur. Le Placoplatre se fendit, et des morceaux s'écrasèrent à ses pieds.

— Waouh ! J'ai réussi !

— On peut le dire !

Une pointe de fierté et d'émerveillement pétilla dans les yeux de Dylan.

— Maintenant, on arrache tout ! ordonna-t-il.

Ils se jetèrent sur la cloison éventrée comme une meute de loups, tapant, déchirant, tirant puis jetant tous les débris par terre. La plupart des pans de Placoplatre cédèrent sans problème, ramollis par l'infiltration d'eau. Abby attrapa l'un des derniers gros morceaux, s'arc-bouta puis le délogea avec une satisfaction que peu de chose pouvait égaler.

Quelques minutes plus tard, ils reculèrent pour admirer leur œuvre. Il ne restait plus que quelques gaines électriques qui pendaient dans le vide et l'armature métallique mise à nu.

Jamais Abby n'aurait pensé prendre autant de plaisir à casser quelque chose. C'était une expérience… libératrice. Puissante. Animale. Sauvage. Bref, la définition de tout ce qu'elle avait banni de sa vie depuis des années.

— Eh bien, c'était… super, déclara-t-elle, un peu essoufflée. Plus thérapeutique que ce à quoi je m'attendais.

— Puis-je glisser un « Je te l'avais bien dit » ? demanda Dylan, moqueur.

Elle éclata de rire et acquiesça.

— Oui, je crois que je l'ai mérité. Bon, qu'est-ce qu'on démolit, maintenant ?

— On se calme, Terminator. Il faut d'abord nettoyer et remplacer le mur avant de passer à la suite.

— C'était rigolo, Dylan ! s'écria Jake, au comble de l'excitation. J'ai donné des tas de coups de marteau ! Au moins trois cents !

— Tu as bien travaillé, Jake.

Dylan se tourna vers Cody et ajouta :

— Toi aussi. On dirait que tu es fait pour ça.

— Merci, répondit Cody en se dandinant un peu, les yeux baissés. Est-ce que… euh… je pourrai t'aider à construire le nouveau mur ?

Abby jeta un rapide coup d'œil à Dylan. Jusque-là, Cody n'avait pas travaillé avec beaucoup d'enthousiasme. Elle s'attendit presque à ce que Dylan réagisse comme son ex-mari l'aurait fait : qu'il dise à Cody que ce n'était pas la peine et qu'il s'occuperait du reste sans lui. Son ex passait si peu de temps en famille que Cody espérait toujours faire des choses avec lui, l'aider quand il bricolait à la maison. Mais il lui répondait toujours qu'il irait plus vite tout seul et le laissait le regarder accrocher un tableau ou changer ses plaquettes de frein.

— Bien sûr, Cody, répondit Dylan. Débarrassons-nous d'abord de ces débris, et puis je vous montrerai comment on monte un mur, à ton frère et à toi.

Tout en parlant, Dylan attrapa une poubelle et la déposa au milieu du chantier.

— La partie la moins amusante de la démolition, annonça-t-il. Le ménage !

Cody attrapa une grande pelle puis ramassa tout ce qui traînait à ses pieds sans protester. Jake fit de son mieux, lui aussi, mais ses petites mains n'étaient pas aussi efficaces que celles de son grand frère. Quand ils eurent terminé, Cody prit l'initiative d'apporter la première plaque de Placoplatre.

Dylan lui indiqua l'emplacement de l'ancien mur d'un simple signe de tête.

— Vas-y. Mets-la en place et tiens-la pendant que nous la visserons sur les rails.

Ils travaillèrent ensemble. Cody tenait les plaques, Abby vissait d'un côté tandis que Dylan et Jake s'occupaient de l'autre. Dylan plaçait deux vis, en maintenait une pour Jake et le laissait faire. Certes, le travail du petit garçon était moins soigné, mais Dylan ne protestait pas. C'était si gentil… Pendant quelques instants, Abby se demanda ce que l'enfance de ses fils aurait pu être, avec un homme comme Dylan à leurs côtés…

Puis elle se reprit très vite et regarda la vérité en face : elle savait déjà ce qui arrivait, avec ce genre d'hommes. Ceux qui refusaient tout lien, tout projet à long terme. Ils se comportaient bien pendant un temps puis, tôt ou tard, ils finissaient toujours par s'en aller. Ils la laissaient tomber. Pire, ils laissaient tomber ses fils.

Et c'était un prix terrible qu'elle n'était pas prête à payer, en dépit de ce qu'elle pouvait ressentir à chaque fois que Dylan lui souriait.

Grâce à son équipe de choc, Dylan parvint à terminer un bon nombre de tâches avant 15 heures. La démolition du mur restait néanmoins l'activité la plus populaire de la journée. Les garçons avaient été coopératifs ; Jake avait envie d'apprendre, et Cody n'avait même pas réussi à paraître blasé. Même Abby avait fait preuve d'enthousiasme et avait appris une ou deux choses en chemin.

Abby…

À chaque fois qu'il avait posé les yeux sur elle, il avait perdu un peu de sa concentration. Elle avait une drôle de manière de froncer les sourcils quand elle avait du mal à comprendre ses consignes. C'était…

Mignon.

Bon sang ! Il commençait à trop s'attendrir. Sans doute était-ce dû à sa ville natale. Et à la présence des garçons. Maintenant encore, plusieurs heures après avoir raccompagné la petite famille chez elle, alors qu'il était de retour au centre, il ne pouvait s'empêcher de penser à Abby. Que faisait-elle, en ce moment ?

À 18 heures, il dit au revoir aux derniers adolescents du groupe, verrouilla la porte et éteignit presque toutes les lumières. Il passa encore une heure dans les sanitaires à installer le nouveau carrelage puis tira son téléphone de sa poche. Pas de texto d'Abby.

Mais pourquoi lui en aurait-elle envoyé un ? Après tout, ils ne sortaient pas ensemble. Ils n'étaient même pas vraiment amis. Elle n'était qu'une femme qu'il connaissait depuis deux jours et qui l'avait aidé à abattre une cloison. Rien de plus. Et, de toute manière, il n'était pas le genre d'homme à s'installer dans une maison avec un chien – parce que Jake finirait forcément par faire céder sa mère – et deux enfants. Il n'était absolument pas fait pour ça, il ne devait pas l'oublier.

Alors pourquoi était-il aussi déçu de ne pas avoir de texto d'Abby ?

Il récupéra ses affaires et quitta le centre. Quand il arriva sur le parking, son sang se figea. Son frère aîné, Sam, l'attendait.

Dylan remarqua vite qu'il n'avait pas beaucoup vieilli malgré les années. Ses cheveux étaient un peu plus courts, sa silhouette plus empâtée, mais la même moue désapprobatrice marquait encore ses traits.

— Quand avais-tu l'intention de me dire que tu étais en ville ? demanda Sam sans préambule.

Dylan leva les yeux au ciel. Bien sûr, il fallait que son frère attaque par une critique. Ça ne le surprenait même pas.

— Bonjour à toi aussi, Sam.

— Je t'aurais dit bonjour si je n'avais pas appris ton retour par Sadie qui le tenait de Mavis Beacham. Apparemment, mon frère est revenu à Stone Gap, il est descendu à l'auberge et a oublié de m'appeler pour me prévenir.

Comme à son habitude, Sam l'accusait d'abord, convaincu du pire. Quand donc leur relation s'était-elle réduite à ces disputes absurdes ? Un jour, ils étaient encore des frères normaux et, le lendemain, ils étaient devenus des adversaires venus de deux planètes opposées.

— Je ne t'ai pas appelé parce que je me souviens encore de tes derniers mots : « Ne me téléphone pas, je ne répondrai pas, de toute manière. » Pardonne-moi de ne pas avoir voulu te voir quand je savais que tu me sauterais à la gorge, répondit Dylan dans un soupir. La preuve.

À chaque fois que Sam et lui se retrouvaient ensemble, cela se terminait de la même manière.

Sam laissa échapper un petit rire amer.

— Tu n'as donc pas changé, n'est-ce pas ? Toujours prêt à blâmer le monde entier sans jamais te remettre en question ?

Dylan ravala à grand-peine son exaspération.

— Tu sais quoi, Sam ? Je n'ai pas le temps d'avoir cette conversation avec toi.

Son frère détourna les yeux. Il resta là un long moment, immobile, comme s'il ruminait ses prochaines paroles. Finalement, il le regarda en face et demanda :

— Que fais-tu là, après tout ce temps ?

Dylan fut tenté de ne pas répondre. Il aurait voulu grimper dans sa jeep et s'éloigner. Sa relation avec Sam était ingérable depuis si longtemps que rien ni personne ne pouvait arranger les choses. Sam, qui prenait toujours les bonnes décisions, le voyait comme le raté de la famille. Même après la mort de sa femme, il était resté, lui, jonglant entre ses enfants et son travail. Bref, la vie normale d'un type de la classe moyenne. La vie que Dylan avait toujours fuie. Parce qu'il avait compris très tôt que la famille aussi pouvait vous laisser tomber. La famille pouvait vous faire du mal. Et la famille pouvait vous tourner le dos quand vous aviez besoin d'aide.

Son grand frère était censé le soutenir et le protéger, non ? Il était censé rester à ses côtés quoi qu'il arrive. La dernière fois que Dylan s'était attiré des ennuis et que Sam avait dû le récupérer au commissariat, il avait bien tenu son rôle. Mais quand tout avait été terminé, il l'avait pris à part et avait eu un soupir de dégoût. « J'abandonne, avait-il dit. Tu ne comprendras jamais. » Ces paroles avaient blessé Dylan. Elles le faisaient toujours souffrir, aujourd'hui.

Et pourtant, au fond de lui, il se souvenait encore du grand frère qui l'avait aidé à construire une cabane dans les arbres. Celui qui avait séché un cours de maths pour donner une bonne leçon à un caïd qui ennuyait Dylan dans la cour de récréation. Ce même grand frère qui l'avait protégé des colères de leur père, qui l'avait rassuré dans son lit, le soir, quand la maison résonnait des cris et des disputes. Restait-il encore un peu de ce garçon, chez Sam ?

Ou bien était-ce une cause perdue ? Dylan était-il stupide d'y croire encore ?

— Je travaille au centre, c'est pour ça que je suis revenu, répondit-il.

S'il lui disait ça, Sam accepterait peut-être de lui donner un coup de main. Ils pourraient de nouveau travailler côte à côte, comme lorsqu'ils étaient enfants.

— J'aide oncle Ty, poursuivit-il. Il a beaucoup de mal à remonter la pente depuis que tante Virginia n'est plus là.

Sam parut surpris.

— Ty t'a demandé de l'aider ? Toi ?

Dylan tressaillit.

— Ouais. Pourquoi pas ?

— Parce que tu seras parti dans trois jours. Je te connais et je sais que tu as la capacité de fixation d'un bout de scotch mouillé.

Dylan soupira.

— Ce bon vieux Sam… Toujours pressé de me montrer à quel point je rate ma vie. Merci pour le rappel, grand frère. J'avais bien besoin de savoir que je ne suis pas aussi parfait que toi !

— Ce n'est pas ce que je dis, répondit Sam en s'approchant d'un pas. Je ne veux pas voir oncle Ty livré à lui-même quand tu partiras.

Le sous-entendu était clair : son frère pensait qu'il allait forcément laisser tomber sa famille, une fois de plus.

La journée avait été longue, et il n'avait pas besoin de la terminer là-dessus. Sam n'était pas venu pour le saluer. Il était là pour lui faire la morale. Une fois de plus.

Dylan actionna donc l'ouverture centralisée de sa jeep.

— Merci pour ta confiance, Sam. À la prochaine.

Sans attendre de réponse, il monta dans sa voiture, démarra et partit.

Cela valait mieux que dire quelque chose qu'il finirait par regretter.

Dans le rétroviseur, il vit la silhouette de Sam, au milieu du parking. Pendant quelques secondes, il fut pris par une envie de faire demi-tour, puis le feu passa au vert et la tentation disparut.

5

Le crépuscule tombait sur Stone Gap, ponctué par les lumières des porches qui s'allumaient peu à peu et les réverbères qui jetaient des halos dorés sur les trottoirs.

Dylan s'arrêta à l'un des croisements du centre-ville. À gauche, l'attendait l'auberge. À droite, la maison d'Abby.

Après sa conversation avec Sam, il avait presque envie de s'installer sur un tabouret de bar et d'enchaîner les bières pour se changer les idées. Mais cela ne lui apporterait qu'une migraine et quelques regrets de plus. Il hésita un instant puis tourna à droite.

Il s'arrêta à l'épicerie en chemin et se gara dans l'allée de la petite maison un peu après 20 heures. Les fenêtres étaient éclairées, et il entendait le murmure étouffé d'une radio. Il grimpa les marches menant à la galerie et, par la fenêtre, il vit Abby et Jake en train de danser.

Au rythme d'un vieux tube des années 1970, une de ces chansons entêtantes qui animent un été et que tout le monde connaît par cœur, Abby se balançait d'avant en arrière et riait, tandis que Jake essayait de suivre son rythme, ses petites mains dans celles de sa mère.

Dylan fut immédiatement frappé par cette scène si… chaleureuse. Si joyeuse. Juste une mère et son fils qui dansaient dans le salon, un samedi soir. Cet univers était tellement étrange aux yeux de Dylan, comme une scène de film que l'on ne retrouve jamais dans la vraie vie. D'un seul coup, il songea qu'il aurait pu rêver de ce genre de choses, s'il avait été différent. Mais il ne l'était pas. Il ne le serait jamais.

Il faillit renoncer à sonner et tourner les talons. Il n'avait pas envie de faire irruption dans le quotidien d'Abby et de ses fils. Puis il se souvint de son arrêt à l'épicerie. Après tout, il avait une bonne raison d'être là.

Il appuya finalement sur la sonnette. Abby éteignit la radio et jeta un coup d'œil méfiant par la fenêtre. Quand elle ouvrit, sa méfiance avait déjà fait place à un grand sourire.

— Dylan ? Qu'est-ce que tu fais ici ?

C'était la seconde fois qu'on lui posait cette question en moins de vingt minutes. Mais venant d'Abby, cela lui parut plus doux, plus sincère.

— Je… Euh… Je voulais tous vous remercier d'avoir travaillé si dur, aujourd'hui. Alors, j'ai apporté de la glace.

Il montra son sac d'épicerie.

— De la glace ! s'écria Jake en se précipitant vers lui. Quel parfum ? J'adore la glace ! Ma préférée, c'est chocolat. Ou peut-être cookie dough. Je l'adore aussi !

Abby rougit et posa la main sur l'épaule de son fils pour le calmer.

— Désolée pour ça. Tu as apporté à Jake son dessert préféré.

Était-ce aussi son dessert préféré ? Il voulut lui poser la question mais eut peur d'avoir l'air intéressé. Par elle.

En même temps, n'était-ce pas pour cela qu'il était venu chez elle avec trois grands pots de glace au lieu de rentrer à l'auberge pour passer une bonne nuit de sommeil bien méritée ?

— J'ai du cookie dough, Jake, dit-il. Et du chocolat. Et de la vanille, au cas où.

Abby sourit.

— Il y en a pour tous les goûts, fit-elle remarquer.

— J'espère que ton parfum préféré est dans le lot…

Il ajouta bien vite :

— Et celui de Cody, bien sûr !

— Cody est chez un copain, dit Abby. Quant à moi, je suis une mordue de chocolat.

Elle hésita un instant puis ouvrit la porte en grand.

— Entre.

La maison était aussi accueillante que ce qu'il avait imaginé. Des parquets en bois clair, des murs blanc cassé et un grand canapé en cuir marron foncé qui paraissait aussi moelleux que de la guimauve. Le hall était rempli de photos encadrées des garçons, tout comme le manteau de la cheminée. Une pile de T-shirts repassés attendait sur la seconde marche de l'escalier et une caisse de jouets était posée sur la première. C'était un intérieur organisé et chaleureux.

Dylan se sentit à la fois chez lui et en décalage tandis qu'il suivait Abby dans la cuisine lumineuse aux murs jonquille. Une grande table ronde trônait au milieu, ornée d'un bouquet de fleurs.

Ils ne s'étaient pas encore assis quand la sonnette retentit. Jake se précipita vers la porte, mais Abby l'arrêta au dernier moment.

— C'est moi qui ouvre, pas toi. De toute manière, tu devrais déjà être au lit, mon grand.

Une femme d'un certain âge attendait sous le porche, tenant dans ses bras le chiot que Dylan avait aperçu le matin.

— Je pensais apporter ce petit bonhomme pour que Jake puisse jouer un peu avec, dit-elle.

— Il est tard, madame Reynolds, et Jake doit se coucher. Et puis on ne peut pas prendre un chien, vous le savez. Je travaille tellement…

— Je sais, ma chérie. Je sais.

La vieille femme posa sa main sur celle d'Abby et sourit avec douceur.

— Mais Jake aime tellement ces petits chiens, poursuivit-elle S'il joue avec, ça les habituera pour leurs prochaines familles, et ça calmera les envies de votre fils.

— Je peux, maman ? S'il te plaît ?

Jake bondissait comme un ressort, se retenant de justesse de prendre le chiot dans ses bras.

— D'accord, mais pas longtemps, répondit Abby en soupirant. C'est l'heure de dormir, tu te souviens ?

Jake ne se fit pas prier, attrapa le chien et repartit dans la maison.

— Garde-le dans la cuisine, reprit Abby. Je ne veux pas d'accidents sur le tapis !

— Ramenez-le moi tout à l'heure, dit Mme Reynolds.

— Merci.

Abby referma la porte et poussa un long soupir.

— Comment puis-je continuer à refuser ? Jake va finir par s'attacher à cette bestiole.

— Ce ne serait peut-être pas une si mauvaise chose, répondit Dylan. Avoir un chien rend les enfants plus responsables.

— Il a quatre ans. Ne faisons pas semblant de croire qu'il sera responsable d'un chien. Je te rappelle, monsieur Je-suis-libre-comme-l'air, que j'ai déjà bien assez à faire comme ça. La dernière chose dont j'ai besoin, c'est d'une autre bouche à nourrir et d'un surplus de ménage.

Elle secoua la tête et ajouta :

— Tu ne peux pas comprendre.

Elle avait raison, songea Dylan. Il ne pouvait pas comprendre, il n'avait aucune attache.

Mais en voyant Jake embrasser amoureusement le chiot et lui parler comme à un ami, il se dit qu'Abby avait beau espérer qu'il ne s'y attache pas, le mal semblait fait.

Finalement, elle interrompit son fils et déclara qu'il était l'heure de rapporter Dudley – le nom du chiot, d'après Jake – chez la voisine.

— Il est petit et il doit se coucher tôt, comme toi, dit-elle. Au retour, tu pourras avoir un bol de glace.

— D'accord, répondit le gamin sans enthousiasme.

Abby l'attendit devant la porte le temps qu'il aille reconduire le chiot chez la voisine tandis que Dylan les attendait dans la cuisine.

Quelques minutes plus tard, Jake revint avec le sourire. Abby avait dû trouver un moyen de lui remonter le moral. Il grimpa sur une chaise et contempla un moment les pots de glace qui laissaient des auréoles humides sur la table.

— Je veux beaucoup de glace, dit-il. S'il te plaît, maman.

Abby sortit trois bols du placard et les posa sur la table.

— D'abord, va te laver les mains.

Jake obtempéra, se hissant sur la pointe des pieds pour atteindre le robinet.

Abby fit le service. Du chocolat dans un bol, deux boules de cookie dough dans le second, puis elle hésita pour le troisième.

— Laquelle préfères-tu, Dylan ?

— Oh ! Je…

Il étudia un instant le torchon à motifs de coquelicots passé sur la poignée du four, puis le réfrigérateur recouvert des dessins de Jake et de photos des garçons. Au-dessus de la fenêtre, un panneau de bois était gravé du mot « Famille ».

— Je ne pensais pas rester, en fait, répondit-il. Je voulais juste déposer les glaces pour vous remercier.

Jake le regarda d'un air déçu.

— Tu ne restes pas ? Mais je voulais te montrer mes dinosaures…

Dylan haussa un sourcil, amusé.

— Des dinosaures ?

— La chose que Jake préfère au monde, à part les C-H-I-E-N-S, ce sont les dinosaures, expliqua Abby.

Ignorant sa tentative de départ avortée, elle posa un bol de glace devant lui, moitié chocolat, moitié vanille.

— Je te préviens, si tu commences à lui poser des questions sur eux, il ne s'arrêtera plus, ajouta-t-elle.

Les dinosaures...

Dylan revit soudain une autre cuisine, entendit la voix d'un autre petit garçon. Le souvenir glissa devant ses yeux, plus vif et poignant que jamais. Son père venait de rentrer après une longue journée passée au bureau. Il le voyait encore poser sa mallette à l'endroit habituel, près de la porte d'entrée, tout en dénouant sa cravate de sa main libre. Dylan avait quatre ou cinq ans, à l'époque. Il espérait encore que son père puisse changer et devenir l'un de ses papas que l'on voyait à la télé, ceux qui vous font sauter sur leurs genoux, qui vous apprennent à jouer au base-ball et qui vous emmènent camper pour vous raconter des histoires au coin du feu.

— Papa ! s'était-il écrié. Regarde mon dinosaure ! Maman me l'a acheté aujourd'hui parce que j'ai été sage au magasin. C'est un T-Rex et il est méchant ! Grrrrr !

Son père avait à peine jeté un coup d'œil à la figurine, puis lui avait dit d'aller jouer dehors.

— Quand je rentre chez moi, j'ai besoin de respirer, pas d'un gamin qui me jette ses jouets au visage. Où est Sam ? Je veux voir son carnet de notes.

Cela avait peut-être été l'instant déclencheur, le moment où Dylan avait commencé à s'enfermer dans sa coquille. Le jour où il avait cessé de croire aux familles heureuses et aux parents aimants. Il avait enfin compris que son grand frère serait la seule personne capable de lui donner l'exemple, le seul ami qui s'intéresserait à son nouveau dinosaure et lui apprendrait à rattraper des balles ou lui raconterait des histoires qui font peur.

Tout en mangeant, il étudia Jake, assis à table avec

de la glace plein les joues. Ses yeux étaient écarquillés, impatients. Remplis d'espoir.

Comment pouvait-il le laisser tomber ? Ce gosse venait de se séparer du chiot qu'il aimait, bon sang ! Il ne pouvait pas lui refuser le plaisir de lui montrer ses jouets. Certes, il n'avait aucun instinct paternel, mais il pouvait au moins faire ça pour lui.

— Bien sûr, j'adorerais voir tes dinosaures, répondit-il. Je les adore aussi, tu sais. J'en avais toute une collection, quand j'avais ton âge.

Jake parut éberlué.

— C'est vrai ? Tu avais un *bon-to-saure* ?

— Oui. Mais mon préféré, c'était le tyrannosaure. Tu en as un ?

— Oui ! Je vais le chercher !

Jake dégringola de sa chaise, oubliant complètement le reste de sa glace. Il sortit de la cuisine en courant puis revint quelques secondes plus tard avec une boîte en plastique pleine de dinosaures de toutes les formes et de toutes les couleurs. Il s'arrêta au milieu de la pièce et les laissa tomber en tas sur le carrelage.

— Regarde tous mes dinosaures, Dylan !

Dylan se tourna vers Abby et sourit.

— Tu ne plaisantais pas en parlant de collection…

— Ça rend le choix des cadeaux d'anniversaire plus facile, répondit-elle avant d'adresser un petit clin d'œil à son fils. Jake, tu veux bien montrer à Dylan ton tricératops ?

Jake fouilla dans la pile et en tira fièrement une bestiole à trois cornes.

— Je l'ai appelé « Joe ».

Dylan se retint de rire.

— C'est un beau prénom.

— Et celui-ci, c'est Mack, et celui-là…

Jake lui présenta tour à tour toutes ses figurines – pas loin de trois douzaines ! – lui expliquant tout ce qu'il savait sur leur régime alimentaire. De toute évidence, il était passionné par le sujet. Il en savait peut-être même plus long que Dylan à son âge. Il enchaîna ensuite avec les films de dinosaures qu'il aimait, dont un qui avait eu plusieurs suites, et les scientifiques qui les étudiaient, et les livres qui parlaient de dinosaures… Jusqu'à ce que sa mère pose sa main sur son épaule pour le faire taire.

— Jakester, je crois qu'il est temps pour tes dinosaures de remonter dans la chambre. Va te préparer pour dormir, d'accord ? Je parle encore quelques minutes avec Dylan et je monterai te faire un bisou après.

Jake eut une petite moue déçue mais rassembla ses jouets.

— Je suis obligé de me brosser les dents ?

Abby sourit.

— Toujours.

Jake quitta la cuisine et monta l'escalier quatre à quatre. Quelques instants plus tard, on entendit la caisse des dinosaures tomber sur le parquet de sa chambre, puis le bruit du robinet de la salle de bains.

— Merci d'avoir été aussi patient, murmura Abby. Je suis désolée qu'il ait parlé autant.

Dylan haussa les épaules.

— J'étais comme lui quand j'étais petit. Mon père ne s'intéressait pas à mes histoires, et ça me rendait triste. Oncle Ty était le seul à écouter mes aventures de dinosaures et à me demander des dessins pour décorer son bureau.

— Ton oncle est vraiment un homme formidable. Tout le monde a besoin d'un oncle Ty…

Il acquiesça vivement.

— Oh que oui.

D'après ce qu'il avait pu voir, les fils d'Abby n'avaient pas de proche parent masculin. Et compte tenu de la dépression de Ty, celui-ci n'avait sans doute pas eu la force de tenir ce rôle depuis un bon moment. Si écouter Jake parler de dinosaures de temps en temps pouvait l'aider, Dylan était prêt à le faire.

— Et merci pour la glace, ajouta Abby en s'appuyant contre le plan de travail, son bol vide près d'elle. C'était très gentil de ta part.

Il haussa les épaules.

— Ce n'est rien. Je voulais tous vous remercier pour votre aide au centre.

Et avoir une occasion de la retrouver, ce qu'il ne précisa pas. Admettre cela à voix haute aurait été avouer son intérêt pour elle, lui faire comprendre qu'il pensait à elle. Et admettre aussi qu'il regrettait de devoir partir dans deux semaines.

Abby s'était changée en rentrant chez elle. Elle portait un autre jean et un pull rose pâle au col en V très suggestif… Elle était pieds nus, et ses ongles étaient vernis de rouge vif.

Il y avait quelque chose d'à la fois innocent et sexy dans le fait de la voir ainsi, pieds nus sur le carrelage clair. Quelque chose qui attirait Dylan comme un aimant. Il se redressa, prit son bol vide, et s'approcha d'elle. Abby leva de grands yeux sur lui. Ses lèvres s'entrouvrirent un instant et ses joues s'empourprèrent mais elle ne bougea pas.

La chaleur de son corps vint envelopper Dylan. Son parfum flottait jusqu'à lui, l'enivrant de capiteuses senteurs florales. Cela lui donna encore plus envie de se pencher sur elle… Et il le fit, sous prétexte de poser son bol sur le plan de travail.

— Je devrais le mettre dans l'évier, non ? s'enquit-il.

Elle resta immobile, sa poitrine se soulevant au rythme de sa respiration.

— Si… Si tu veux. Merci.

En se redressant, il ne résista pas à l'envie de déposer un petit baiser au creux de son cou. Sa peau avait une saveur si douce… C'était encore meilleur que la glace, meilleur que tout ce qu'il avait pu goûter depuis bien longtemps. Il l'embrassa un peu plus haut, sous l'oreille, savourant sa peau veloutée. Un autre baiser, puis un quatrième. Lentement, il remonta vers la ligne délicate de ses lèvres.

Abby poussa un petit gémissement félin, prit une inspiration soudaine et se laissa aller contre lui. Il s'appuya à deux mains sur le plan de travail, la tenant prisonnière entre ses bras sans la toucher, puis embrassa sa joue, s'approchant insensiblement de sa bouche. Elle respirait plus vite, maintenant, mais ne bougeait toujours pas.

Quand leurs lèvres se rencontrèrent enfin, elle s'ouvrit à lui. Ses bras glissèrent dans son dos, et elle se coula contre lui, tout en douceur. Le désir montait en lui, lui faisant oublier tout son bon sens et toutes les raisons qu'il avait de ne pas céder à cette femme. Tout son univers se referma sur Abby. Elle était la seule personne au monde qu'il voulait. Leur baiser se fit plus fiévreux, plus pressant. Ils se caressaient presque sans s'en apercevoir quand…

— Maman ? Tu viens me border ?

La voix de Jake résonna dans la cage d'escalier.

Abby se redressa en sursaut et repoussa Dylan avec douceur.

— Bien sûr, mon chéri.

Elle leva les yeux vers Dylan. Ses joues étaient encore rouges, et sa respiration restait saccadée, mais elle avait retrouvé sa distance froide habituelle.

— Tu devrais partir, murmura-t-elle. J'ai… J'ai…

— Un fils à border.

— Oui.

Elle fit un pas de côté et passa une main dans ses cheveux pour les remettre en place. Puis elle s'éclaircit la voix.

— Euh… Merci pour la glace, Dylan. C'était vraiment très gentil.

— Tu as déjà dit ça, lui fit-il remarquer avec un petit sourire.

Était-il possible qu'Abby, si forte et déterminée, ait été

aussi bouleversée que lui par un simple baiser ? Une partie de son esprit l'espérait.

— Oh ! oui. Je… J'ai oublié, bredouilla-t-elle.

Elle quitta la cuisine, et il la suivit jusqu'à la porte d'entrée qu'elle ouvrit. Le message était clair : « Pars maintenant, on ne s'embrassera plus. »

— Merci encore, répéta-t-elle.

— Quand tu veux.

C'était une de ces expressions toutes faites que l'on prononce sans y penser. Mais en songeant qu'il pourrait revenir ici à chaque fois qu'Abby le souhaiterait, il fut envahi par une nouvelle flamme d'espoir.

C'était de la folie. Cette femme représentait le foyer, la stabilité, la famille. Lui, il était tout le contraire, sans attaches et sans maison. Le simple fait de partager un bol de glace avec elle ou d'être ému en la voyant danser avec son fils ne voulait pas dire qu'ils évoluaient dans le même monde. Loin de là.

— On se verra au centre, dit-il, la main posée sur la poignée.

— Maman ? Est-ce que Dylan peut me lire mon histoire, ce soir ? S'il te plaît…

Dylan se retourna et vit Jake au pied de l'escalier dans son pyjama dinosaures mal boutonné, avec un album illustré à la main. Il se revit des années plus tôt, en pyjama, avec un livre, attendant un père qui refusait de prendre le temps de lui lire une histoire… Sa mère trouvait toujours une excuse.

« Papa est trop fatigué, ce soir. Il a eu une longue journée. » Ou bien « Papa est de mauvaise humeur parce qu'il a des soucis au travail. »

Au final, c'était Sam qui lui lisait les histoires du soir. Sam lui avait raconté des aventures de pirates et de trésors perdus, de chiens courageux et de détectives amateurs. Puis il avait grandi. Il avait découvert les filles, le basket, et avait fini par emménager dans sa propre chambre, dans un coin du sous-sol. À cette époque, Dylan était capable de lire tout seul, mais cela ne l'avait pas empêché de se sentir abandonné. Il n'avait pas compris pourquoi son frère avait cessé de passer ses soirées avec lui.

— Maman ? Dylan peut me lire mon histoire, ce soir ? S'il te plaît…

De nouveau, il vit le regard plein d'espoir de Jake, entendit l'urgence dans sa voix.

— Jake, Dylan doit rentrer chez lui, répondit Abby. Il…

— Il adorerait prendre le temps de te lire une histoire, mon grand.

Elle se retourna vers lui, surprise.

— Tu n'es pas obligé, tu sais. Jake ne se rend pas compte de ce qu'il demande.

— Cela ne me dérange pas, Abby. Je me souviens d'avoir voulu la même chose, à son âge.

Et cela ne devait pas être si difficile, si ? Il savait lire, et c'était une affaire de cinq ou dix minutes, pas plus.

Et, surtout, il commençait à bien aimer ce gamin, curieux de tout, joyeux et amusant. D'ailleurs, lui lire une histoire lui permettrait peut-être de mieux interagir avec les enfants du centre communautaire.

Voilà ! C'était pour ça qu'il avait accepté. Pour se rapprocher des autres gamins. Pas parce qu'il entendait un écho de sa propre enfance dans la voix de Jake…

— D'accord, déclara finalement Abby. Mais une seule histoire, Jake.

— Oh ! maman…

— Une seule.

Dylan suivit Jake à l'étage et entra dans la première pièce sur la droite. C'était une petite chambre avec un lit en forme de voiture de course, quelques étagères remplies de livres et de jouets, ainsi que deux grands coffres débordant de peluches, de voitures et de robots. Les dinosaures de Jake étaient au pied du lit et Joe, le tricératops, trônait sur la table de chevet, dans la lumière d'une lampe en forme de dinosaure, elle aussi.

Jake grimpa sur son lit.

— Tu peux t'asseoir ici, Dylan. Je t'ai fait une place.

— Euh, d'accord.

Dylan s'installa comme il put au bord du lit, le dos appuyé contre le mur.

— Tiens, je veux que tu me lises ce livre, dit Jake en lui tendant un album… qui parlait des aventures d'un dinosaure solitaire.

Dylan l'ouvrit et commença à lire. Au début, les mots sortirent lentement, aussi raides que son dos contre le mur, puis il finit par se prendre au jeu. Jake s'allongea, calé contre lui et la tête appuyée sur son bras. Surpris, Dylan hésita un instant, au milieu d'une phrase.

— Euh… Et le petit dinosaure dit…

Il contempla la page, puis la petite tête de Jake sur son bras. Cette scène aurait pu appartenir à son passé : Sam et lui penchés sur un livre, le soir. D'un seul coup, quelque chose dans son cœur se brisa.

— Il dit qu'il veut un ami, lui souffla Jake. Et après, il rencontre un ami. Et il est heureux. Et ils vont vivre des aventures ensemble. J'adore cette histoire. Maman me la raconte très souvent.

S'il connaissait si bien cet album, pourquoi avait-il tant insisté pour l'entendre une autre fois ? se demanda Dylan. Le petit garçon se lassait-il des lectures de sa mère ? Ou bien y avait-il autre chose, une chose que Dylan préférait ne pas voir ?

Comme le fait que Jake ait déjà pu s'attacher à lui et le voir comme une sorte de figure paternelle, par exemple… Si c'était le cas, Dylan était sans doute le moins bien placé au monde pour tenir ce genre de rôle ! C'était Sam, qui avait eu des enfants et qui s'était installé, qui avait construit une vraie vie dans cette ville. Dylan, lui, n'était que de passage ici. Bientôt, il repartirait. D'ailleurs, avec son passé, il n'était pas fait pour être le père de qui que ce soit, biologique ou d'adoption.

Était-il dangereux d'offrir à Jake un moment de bonheur et de le laisser tomber plus tard ? Le petit garçon aurait le cœur brisé… Et c'était bien la dernière chose qu'il voulait faire subir à cet enfant.

Ou à sa mère.

Abby s'arrêta sur le seuil de la chambre de Jake. Elle sentit soudain son cœur se serrer, et une boule se forma dans sa gorge. Jake était allongé sous ses draps, niché contre le corps de Dylan, souriant tandis qu'il écoutait les aventures du dinosaure solitaire qui parcourait le monde à la recherche d'un ami. C'était l'un des livres préférés de son fils, et elle le lui avait lu, oh, au moins deux cents fois !

Pendant son mariage catastrophique avec Keith, elle avait souvent rêvé de surprendre ce genre de scène. Elle avait toujours pensé qu'avec un peu de temps Keith finirait par prendre ses responsabilités et devenir un bon père. Qu'il lirait des histoires à Cody, lui apprendrait à jouer au basket. Mais Keith passait plus de temps au travail qu'en famille.

Hélas, ce qu'elle voyait à présent n'était qu'une image. Elle savait très bien qu'elle ne pouvait pas compter sur un homme qui la quitterait à son tour. Qui quitterait ses fils. Cody souffrait déjà beaucoup du départ de son père. Et, tout à l'heure, la déception de Jake quand il avait dû rendre le chiot lui avait brisé le cœur. Alors, s'il s'attachait trop à Dylan, il souffrirait de son départ. Et pourtant, les voir tous les deux si proches, dans ce petit lit, la faisait fondre…

Une petite voix lui murmura que cette tendresse qui la submergeait n'était pas due qu'à ça. Elle commençait à s'attacher à Dylan, elle aussi. Elle appréciait de passer du temps avec lui, de le voir sourire, de voir avec quelle patience il lui avait appris à remplacer quelques carreaux cassés ou un mur abîmé. À chaque fois qu'elle était avec lui, son cœur battait plus fort, et elle n'avait plus connu ça depuis très, très longtemps.

Dylan termina sa lecture et referma le livre. Comme Jake dormait, il quitta le lit avec mille précautions et remonta la couverture sur le petit garçon. Quand il eut réussi, il se retourna et la remarqua soudain.

— Oh… Je ne t'avais pas vue, murmura-t-il.

— Je viens de monter.

Néanmoins, elle était là depuis assez longtemps pour voir l'expression d'adoration et d'espoir qui illuminait le visage de son fils, ainsi que ce petit sourire qui flottait encore sur ses lèvres. Elle était là depuis assez longtemps pour avoir compris que lorsque Dylan partirait, elle allait devoir recoller les morceaux. Pour ses enfants, comme pour elle. Mieux valait ne plus l'oublier, et ne plus laisser ce sourire sensuel affecter ses décisions.

Dylan la rejoignit dans le couloir en laissant la porte de la chambre entrouverte.

— C'est un enfant énergique, mais drôle et très intelligent, dit-il.

Abby sentit son cœur se gonfler.

— Oui. J'ai de la chance de l'avoir. Beaucoup de femmes disent que leur deuxième enfant est plus difficile que le premier, mais Jake a été gentil depuis sa naissance.

— Je pense que c'est surtout grâce à toi. Tu es super avec lui. Avec tes deux fils.

Là, dans la lumière tamisée du couloir, Abby prit encore plus conscience de la proximité du corps de Dylan. Leur baiser s'attardait toujours sur ses lèvres, et le désir brûlait dans ses veines. Une partie d'elle aurait voulu lui prendre la main et l'entraîner dans sa chambre pour finir ce qu'ils avaient commencé.

La partie la moins rationnelle, évidemment.

Son plus jeune fils commençait à croire en un homme qui ne resterait pas dans sa vie, tout comme il croyait au Père Noël et à la Petite Souris. Elle, elle était adulte. Elle n'avait plus l'âge de croire à ce genre de choses.

— Eh bien, merci encore, Dylan. Je te raccompagne en bas.

Il la suivit jusqu'à la porte d'entrée. Au dernier moment, il se retourna vers elle et dit :

— Le centre est fermé, demain, ce qui me laisse un précieux jour de congé. Je pensais faire avancer le chantier, mais aimerais-tu que l'on aille pêcher, le matin ? Oncle Ty a un bateau amarré sur le lac de Stone Gap et il m'a autorisé à m'en servir. Je pensais le convaincre de m'accompagner pour lui faire prendre le soleil et, peut-être, attraper quelques poissons.

— Pêcher ?

— Oui, ce sera amusant. Si tu veux, je monterai tes lignes pour toi.

Elle croisa les bras sur sa poitrine et le défia du regard.

— Parce que je suis une fille et que je ne peux pas le faire toute seule ?

— Euh, non… Mais, tu sais, la plupart des femmes n'aiment pas manipuler les asticots, ou ce genre de choses.

— Pour ton information, je pêche depuis l'âge de cinq ans. En fait, je suis même prête à parier que je serai la première à prendre un poisson.

Dylan sourit.

— C'est un défi ? Parce que je pêche depuis toujours, moi aussi. Et oncle Ty a gagné quelques prix régionaux. Enfin quand il n'était pas battu par Ernie Morris.

Abby était enfin de nouveau dans son élément : plaisanter, provoquer. Et pas passer des moments intimes avec un homme dans sa cuisine, hantée par des fantasmes qui ne deviendraient jamais réalité. Très bien. Il voulait pêcher ? On allait pêcher ! Et tout s'arrêterait là.

Elle lui tendit la main.

— Dans ce cas, on parie combien ?

Il réfléchit un instant.

— Dix dollars que j'aurai une prise avant toi.

— Vingt, et je marche.

Ils se serrèrent la main, et elle éclata de rire. Puis, en le regardant remonter dans sa voiture, elle se rendit compte qu'elle était heureuse, plus légère et, pire, qu'elle avait hâte de passer une nouvelle journée en compagnie de cet homme.

Seigneur ! Juste à l'instant où elle avait réussi à se convaincre de le laisser partir et de ne plus le revoir, il lui avait fait une proposition à laquelle elle était incapable de résister. Elle n'avait pas envie d'apprécier Dylan Millwright…

Et pourtant…

Le plus grave, dans tout ça, c'était que ses fils l'appréciaient aussi.

6

Oncle Ty posa ses jambes sur le repose-pieds et secoua énergiquement la tête.

— Allez-y sans moi, les jeunes. J'ai prévu de regarder le match de foot.

Dylan jeta un rapide coup d'œil à la maison de son oncle. Virginia et lui vivaient là depuis leur mariage. Du vivant de cette dernière, la maison était lumineuse et accueillante. Mais à présent, on avait l'impression que le soleil ne passait même plus à travers les fenêtres. Les rideaux étaient mal tirés. L'air avait une odeur de renfermé et de tristesse.

— J'ai besoin de toi dans mon équipe, oncle Ty. J'ai parié avec Abby que je serais le premier à attraper un poisson.

Oncle Ty eut un petit rire.

— Dylan, tu sais que je t'aime comme un fils, mais tu es le pire pêcheur que j'aie jamais connu.

— C'est justement pour ça que j'ai besoin de ton aide !

Il était hors de question qu'il admette sa médiocrité devant Abby. Peut-être était-ce de l'orgueil masculin, mais il n'avait pas envie qu'elle le croie mauvais dans quelque domaine que ce soit.

— Tes talents de pêcheur devraient compenser mon incapacité à ferrer la moindre bestiole, précisa-t-il.

Ty se laissa un peu plus aller dans son fauteuil inclinable

et joua un instant avec la télécommande. Il avait coupé le son quand Dylan était arrivé. Les images de Bruce Willis et de Sylvester Stalone remplissaient l'écran. C'était l'un de ces films de mecs, avec beaucoup de coups de feu et peu de scénarios.

— Je ne serais pas de bonne compagnie, déclara Ty.

— Et tu penses qu'il vaut mieux passer ta journée enfermé ici ? Tante Virginia serait hors d'elle si elle te voyait dans cet état-là. Elle voudrait que tu sortes de la maison pour pêcher avec Abby et ses garçons. Sans compter ton neveu préféré.

De nouveau, Ty lâcha un petit rire amer et hocha la tête.

— Tu es insupportable, tu le sais ?

— Oh oui, crois-moi.

Dylan lui tendit la casquette qu'il avait décrochée du portemanteau de l'entrée.

— Tiens, ton chapeau de pêche fétiche, dit-il. Avec ça, tu feras des miracles.

Ty garda le silence pendant un long moment, à tel point que Dylan crut la bataille perdue. Finalement, il éteignit la télévision, redressa le dossier de son fauteuil et se leva. Il enfonça la casquette sur sa tête.

— Le pari est de combien ? s'enquit-il.

Dylan se mit à rire.

— Avec toi à mon côté, pas assez !

Alors que son oncle quittait la maison, Dylan remarqua un léger changement dans son humeur. Il le vit hésiter un peu en s'approchant de la voiture, mais il monta tout de même et fit l'effort de bavarder pendant que Dylan conduisait.

En route, ils s'arrêtèrent au centre communautaire pour que Ty puisse voir les travaux déjà faits. Dylan espérait que cela lui remonterait le moral. Ty le félicita pour ses efforts et se montra presque enjoué, mais on voyait bien que son enthousiasme pour le centre s'était un peu éteint.

Il avait sûrement besoin de temps, songea Dylan. Bientôt,

son oncle reprendrait le travail et il pourrait partir pour le Maine où l'attendait son prochain chantier.

Tout ce qu'il vivait depuis son arrivée – la crème glacée, la pêche, la rénovation du centre – était temporaire. Sa vraie destinée était bien loin de Stone Gap et des femmes comme Abby Cooper. Hélas, cette certitude s'évanouit à l'instant même où il l'aperçut, sur le parking du lac, et où il recommença à penser à cette vie qu'il ne pourrait jamais avoir.

Il se gara près du quai, et son oncle et lui descendirent de la jeep.

Cody était appuyé contre la voiture de sa mère, concentré sur son téléphone. Jake, lui, ne lâchait pas la main d'Abby et dansait sur place, impatient comme à son habitude.

— Dylan ! On va à la pêche ! s'écria-t-il en le voyant.

Ses cris arrachèrent un petit rire à Dylan.

— Oui, mon grand. Mais d'abord, tu vas avoir besoin de ça.

Il attrapa un gilet de sauvetage dans le bateau.

Jake bouda, protesta puis obéit quand Abby lui dit que c'était ça ou le retour à la maison. Elle ajusta elle-même le gilet, jonglant entre les sangles et les ruades de son fils. Quand ce fut fini, le petit garçon contempla l'épais tissu orange et fit la moue.

— Mais Cody n'en a pas, lui…

— Cody, tu sais nager ? demanda Dylan.

L'adolescent haussa les épaules.

— Vite fait.

— Dans ce cas, tu vas enfiler un gilet aussi.

Tout en parlant, Dylan en attrapa un second et le lui lança.

— Cody et moi, on est pareils, maintenant ! s'exclama Jake en courant vers son frère. Le tien a un sifflet aussi ? On peut souffler dedans ?

— Le sifflet, c'est pour les cas d'urgence, Jake, expliqua

Dylan. Par exemple, si tu tombes à l'eau et si tu as besoin que l'on vienne te chercher.

Jake ouvrit de grands yeux, regarda le lac, puis sa mère.

— Je vais tomber à l'eau ? demanda-t-il d'une petite voix.

Sa mère posa la main sur son épaule et s'agenouilla en face de lui. Elle resserra une nouvelle fois la ceinture du gilet.

— Non, mon chéri, tu ne vas pas tomber. Écoute bien Dylan et Ty, d'accord ? Aujourd'hui, ce sont eux les patrons.

Dylan éclata de rire. Lui ? Un patron ? Bien sûr, il avait déjà dirigé des équipes sur des chantiers, mais ce n'était pas la même chose que guider toute une famille pendant une sortie de pêche. Oncle Ty, lui, avait l'habitude de ce genre de choses. Hélas, il ne paraissait pas très attentif à tout ce qui se passait autour de lui. Il allait falloir redoubler d'efforts pour le tirer de sa morosité et, peut-être, lui arracher quelques sourires.

Dylan examina le petit groupe. Tout le monde semblait attendre qu'il dise ou fasse quelque chose.

— Bon, on dirait que nous sommes fin prêts, dit-il. Grimpons à bord et attrapons de quoi manger pour ce soir !

— Attends ! intervint Abby. J'ai pris une glacière.

Elle fouilla dans son coffre et la sortit triomphalement.

— De quoi boire et grignoter au cas où ça nous prenne plus de temps que prévu.

Un petit sourire illumina un instant le visage de Ty.

— Et ça, mon neveu, c'est la raison pour laquelle il faut toujours inviter une femme, quand on va pêcher. Elles pensent aux choses importantes, comme le casse-croûte et la boisson. Ta tante me faisait toujours deux sandwichs jambon fromage et glissait mon soda préféré dans la glacière.

Ses yeux s'embuèrent, et il secoua la tête. Quand il parla de nouveau, sa voix se brisa un peu, et ses mains se mirent à trembler.

— Oh ! Comme ses sandwichs me manquent…

Abby effleura son épaule avec douceur, d'un air compatissant.

— Je me suis dit que tu penserais à ça, Ty. C'est pourquoi je t'ai fait deux sandwichs jambon fromage que tu pourras grignoter avec un Dr Pepper.

Ty parut abasourdi.

— Comment as-tu su ? murmura-t-il, visiblement ému.

Dylan se posait la même question. C'était vraiment gentil de la part d'Abby, et il fut un peu envieux, pendant quelques secondes. Jamais il n'était sorti avec une femme capable de mémoriser les petits détails importants, comme ça.

— Tu n'es pas le seul à parler de ta femme avec autant d'amour, répondit Abby à mi-voix. Virginia me disait souvent à quel point elle aimait prendre soin de toi.

— Et elle était très douée pour ça…

Ty s'éclaircit finalement la voix et rajusta sa casquette sur sa tête.

— Bon ! On ferait mieux d'y aller tant que les poissons ont faim !

Son regain d'énergie était presque imperceptible, mais il était bien là, nota Dylan. Peut-être que la situation allait enfin commencer à s'améliorer. Et peut-être que cette sortie était une meilleure idée encore que ce qu'il avait cru.

Oncle Ty monta à bord en premier puis aida Jake et Cody à traverser la passerelle. Dylan tendit la main à Abby tandis qu'elle s'engageait à son tour sur la petite planche bancale, mais elle ne la prit pas, se contentant de lui jeter un bref coup d'œil.

— Je vais m'en sortir, merci.

Évidemment. Elle était une adulte, pas une enfant comme Jake. Et, d'après ce qu'elle avait dit la veille, elle devait savoir grimper à bord d'un bateau sans perdre l'équilibre. Mais, même en sachant tout cela, Dylan ne put s'empêcher d'être un peu déçu. Il ravala sa déception et rejoignit les autres à bord. Puis il détacha la passerelle ainsi que les amarres.

Oncle Ty ne se porta pas volontaire pour démarrer le moteur ou prendre la barre. Il déposa les clés dans la main de Dylan puis s'assit sur l'une des banquettes garnies de coussins, à l'avant. Jake grimpa près de lui, s'agenouillant sur le siège pour contempler l'eau. Abby, assise à côté de son fils, gardait une main prudente sur son épaule, tandis que Cody avait toujours le nez baissé sur son téléphone.

Dylan démarra et commença à reculer pour s'éloigner du quai. Il manœuvra ensuite adroitement pour retourner le bateau. C'était une belle journée, et le soleil faisait danser des éclats dorés à la surface de l'eau. Quelques barques étaient disséminées plus loin. Apparemment, plusieurs pêcheurs de Stone Gap avaient décidé eux aussi de sortir pour prendre l'air, dans l'espoir de rapporter quelques prises à la maison.

— Oncle Ty, où est ton coin préféré, déjà ? Tu sais, celui où tu m'emmenais toujours ? demanda Dylan.

Il connaissait la réponse, bien sûr, mais préféra tenter de réveiller l'intérêt de son oncle.

— Emmène-nous où tu veux, Dylan, répondit ce dernier.

— Je me souviens d'un endroit un peu à l'écart, près d'un bosquet, non ? C'est de quel côté ?

Ty indiqua vaguement la rive est du lac, et Dylan suivit son geste. Le vieux bateau, pas taillé pour la vitesse, crachotait en avançant. Le moteur aurait sans doute bien besoin d'une révision… Entrée numéro 753 sur la liste des choses que Dylan allait devoir faire pour son oncle avant de retourner dans le Maine !

Abby s'approcha soudain de lui. Ses cheveux dansaient sous la brise, l'air un peu frais avait coloré ses joues. Elle portait un jean et un pull épais. Sa tenue avait un côté confortable, nonchalant ; la tenue d'une femme avec qui on pouvait partager une pizza en rentrant chez soi, à la fin d'une longue journée.

Bon sang ! D'où lui venaient ces idées ? Sans doute était-ce à cause des sandwichs à la mode de tante Virginia. Un moment d'émotion, et il se mettait à rêver d'un vrai foyer…

— Au cas où j'oublie de te le dire plus tard, merci pour cette journée, lui murmura Abby à l'oreille.

Il lui sourit.

— On n'a même pas jeté la première ligne.

— Je sais. Mais Jake s'amuse déjà comme un fou, et Cody commence même à se détendre un peu.

En effet, à l'avant, Cody s'était approché de son petit frère. Ils discutaient à voix basse tandis que Ty faisait par moments un commentaire sur l'eau, le genre de poissons que l'on pouvait espérer pêcher et la vitesse du bateau. Bien sûr, Jake était le plus bavard des trois. Néanmoins, Dylan pouvait voir l'intérêt de Cody s'éveiller et son corps se détendre. Détail important : son téléphone était à présent rangé dans la poche arrière de son jean.

Abby soupira et s'appuya à la rambarde métallique, près de lui.

— C'est souvent difficile d'endosser à la fois le rôle d'un père et d'une mère, dit-elle soudain. Surtout quand on travaille à plein temps.

Elle se tourna vers lui et lui adressa un petit sourire gêné.

— Désolée. Je n'ai pas l'habitude de me lamenter sur mon sort.

— Ou de demander de l'aide à quelqu'un ?

Elle laissa échapper un petit rire.

— Ah ? Tu as remarqué ?

— J'aurais eu du mal à passer à côté, après tes grands discours d'indépendance, quand on préparait le goûter au centre, répliqua-t-il, moqueur.

Il n'ajouta pas que sa véhémence l'avait intrigué, tout comme sa confiance en elle et son obstination. Dans sa vie, il avait rencontré peu de femmes capables de se mesurer à lui comme le faisait Abby. Et il aimait ça. Beaucoup. Peut-être même trop.

— C'est juste qu'on m'a laissée tomber tant de fois, déjà…, murmura-t-elle. Alors il est plus facile de ne rien attendre de personne. J'ai appris très tôt à ne compter que sur moi et j'imagine qu'il est plus facile de continuer sur ma lancée sans me poser de questions.

Dylan aurait voulu donner une bonne leçon à l'homme qui avait laissé Abby élever ses fils seule. Il n'était pas père, certes, mais s'il avait eu des enfants il n'aurait jamais fait une chose pareille. Les enfants avaient besoin de leurs parents, d'être soutenus et pas critiqués sans arrêt. Abby était ce genre de mère, et ses fils avaient de la chance de l'avoir.

Il songea de nouveau à ses dernières paroles. Elle avait appris très tôt à ne compter que sur elle ? Peut-être avaient-ils plus de points communs qu'ils le pensaient.

— Où étaient tes parents, quand tu étais petite ?

— Dans un bar ou sur la route, répondit-elle d'un air détaché, comme si cela n'avait pas d'importance alors que ses yeux disaient tout le contraire. Ma mère était très occupée par ses petites affaires, et mon père voyageait pour son travail. La plupart du temps, ma sœur et moi étions seules à la maison. J'ai appris à préparer mon petit déjeuner à cinq ans et, à dix ans, j'allais à l'école toute seule.

— Ça a dû être difficile.

Il ne la comprenait que trop bien. Lui aussi savait ce que c'était de voir son enfance privée des choses essentielles que tous les autres gamins avaient.

— En tout cas, tu as l'air d'avoir bien tiré ton épingle du jeu malgré tout, ajouta-t-il.

Elle haussa les épaules.

— J'ai grandi et j'ai essayé de ne pas reproduire les erreurs de ma mère. Je m'en suis sortie.

— Mes parents n'étaient pas parfaits non plus, loin de là. Tu sais déjà que j'ai un grand frère. Il m'a aidé, mais quand il est entré au lycée, j'ai été délaissé. Un petit frère en primaire, ce n'était plus aussi cool. À dix-sept ans, j'ai quitté la maison et je n'ai jamais regardé en arrière.

Il contempla un instant les eaux calmes du lac. Stone Gap se cachait là, derrière ces arbres. Une petite ville que tout le monde aimait, apparemment. Sauf lui.

— J'ai vécu dans tous les coins du pays, mais pas ici, reprit-il.

— Pourquoi pas ?

— Je ne suis pas taillé pour les petites villes.

Il ne supportait pas ces petites villes où tout le monde se connaissait et se mêlait souvent de la vie de son voisin. Mieux valait rester libre et ne pas s'enraciner trop longtemps au même endroit.

— Donc, aucun de nous n'aime compter sur les autres, conclut Abby.

Elle lui adressa un demi-sourire. Son regard, caché par ses lunettes de soleil, restait indéchiffrable.

— Je ne pensais pas que l'on aurait ça en commun, ajouta-t-elle.

Lui non plus. À l'instant où il l'avait rencontrée, il l'avait vue comme l'Américaine moyenne, avec 2,5 enfants, un mari et une maison à clôture blanche. Bref, le genre de femme qui noue des liens avec tous ceux qui l'entourent. Visiblement, elle était bien plus complexe que cela et dix fois plus indépendante. Chaque nouvelle facette de sa personnalité qu'il découvrait le poussait à l'apprécier et à l'admirer davantage. Elle avait su accomplir des tours de force dont il aurait été incapable. Par exemple, élever seule deux enfants.

— La plupart du temps, je me méfie des gens et je refuse de leur devoir quoi que ce soit, dit-il, mais je sais aussi que certaines personnes peuvent surprendre.

Il obliqua vers le nord, en direction du petit bosquet qui marquait la limite du coin de pêche de son oncle avant de poursuivre :

— La première fois que l'on m'a placé à la tête d'une équipe de construction, j'ai eu beaucoup de mal à lâcher prise et à laisser mes ouvriers travailler en toute autonomie. Je n'avais confiance qu'en moi, tu comprends ? Un gosse avait rejoint l'équipe peu de temps avant. Il devait avoir dix-neuf ou vingt ans et il débordait d'enthousiasme. Il essayait toujours de dépasser ses limites, de prouver sa valeur aux yeux de ceux qui avaient plus d'expérience que lui. Plusieurs fois, il m'a demandé de lui confier des responsabilités.

— Et tu l'as fait ?

— Oui, il m'a eu à l'usure. Je l'ai chargé d'un pan de couverture qui devait être terminé pendant le week-end. Je me suis dit qu'il en était capable, vu qu'il avait déjà travaillé sur des toits avec moi une dizaine de fois et qu'il n'y avait pas une grande surface à couvrir. J'ai donc pris ma journée en pensant venir voir s'il avançait bien dans l'après-midi.

Il ralentit en approchant des arbres. Dans quelques minutes, ils pourraient jeter l'ancre.

— Que s'est-il passé ? demanda Abby.

— Quand je suis arrivé sur le chantier, le gosse n'était plus là. Les autres m'ont dit qu'il avait passé une heure sur place le matin, puis qu'il avait annoncé qu'il allait se chercher un café, et personne ne l'avait revu depuis. J'étais hors de moi. J'ai terminé le travail avec les autres et je suis allé chez le gosse. Il n'y était pas. Sa mère m'a dit qu'il n'était pas rentré.

Dylan prit à gauche pour éviter une souche qui affleurait et qu'oncle Ty avait déjà percutée plus d'une fois. Un jour, la coque avait été assez abîmée pour qu'ils soient obligés de couper court à leur excursion pour la réparer en urgence.

— Ce jour-là, j'ai décidé de ne plus jamais faire confiance à personne, reprit-il. De tout faire tout seul pour que l'on ne puisse plus me laisser tomber. Un mois plus tard, qui est revenu sur le chantier ? Le gosse.

— Vraiment ?

— Ouais. J'étais très en colère contre lui, mais aussi content de le revoir. Parce que, tu sais quoi ?

Il coupa le moteur. À l'avant, oncle Ty montrait à Jake comment lancer sa ligne. Dylan se tut un instant, regardant une branche passer près d'eux, entraînée par les remous.

— J'avais vu quelque chose de moi, chez lui, expliqua-t-il. J'avais été ce gamin sur lequel personne ne pouvait compter, celui qui pliait bagage au premier obstacle. Il m'a dit qu'il avait eu peur de faire une bêtise, de retarder le chantier, et il était parti. Je l'avais fait aussi, à son âge. Les responsabilités, pour quelqu'un qui n'a pas encore passé les vingt ans, ça ne fonctionne pas toujours. Mais j'ai fini par mûrir. J'ai compris que ce n'était pas une manière de vivre, même si certains me trouvent encore aussi peu fiable que quand j'étais ado.

Des gens comme Sam, se garda-t-il de préciser. Ou ses parents. Sa famille l'avait toujours vu comme un gamin irresponsable et incapable d'accomplir quoi que ce soit. Certes, il changeait peut-être plus souvent de travail que la plupart des gens et il déménageait régulièrement à l'autre bout du pays mais, après être revenu de ses erreurs, il n'avait plus jamais laissé tomber un chantier ou un patron.

— Tu as repris ce jeune dans ton équipe ? s'enquit Abby.

— Oui.

Il fit basculer l'ancre par-dessus bord puis s'appuya à la rambarde.

— Et c'est l'une des meilleures choses que j'ai faites dans ma vie. Je lui ai remonté les bretelles et je lui ai accordé une seconde chance. Au final, il est devenu l'un de mes meilleurs ouvriers.

— Merci, ça me redonne un peu d'espoir, murmura-t-elle, les yeux perdus sur l'étendue d'eau, loin devant elle.

— De l'espoir pour quoi ?

Elle ne répondit pas. Elle s'écarta de la rambarde et s'approcha de ses fils.

— Qui a envie que maman lui apprenne à pêcher comme un pro ?

Abby se concentra sur sa ligne et pas sur Dylan. En tout cas, elle essaya. Ils s'étaient tous rassemblés à la proue, dans le grand espace dégagé, entre la rambarde et la barre, en poupe. Ty, Dylan et Cody pêchaient d'un côté, tandis que Jake et elle avaient investi l'autre bord.

Jake avait très envie d'apprendre mais il était impatient. Il pensait sentir une prise toutes les dix secondes et relevait sa ligne.

— Maman, quand est-ce que je vais attraper un poisson ?

— Quand tu resteras assis sans bouger et quand tu laisseras les prises venir tranquillement, mon cœur. Il faut être plus patient.

Jake soupira et se laissa retomber sur la banquette.

— D'accord…

Abby jeta un rapide coup d'œil à Dylan. Son histoire du jeune à qui il avait accordé une seconde chance l'avait surprise. D'après ce qu'elle avait pu voir quand il parlait aux adolescents du centre et à Cody, elle comprenait qu'il puisse réagir de la même manière avec ses ouvriers. Mais, à présent, elle devinait aussi ce qu'il avait vu de lui, chez ce gamin. Dylan n'était sans doute pas une mauvaise personne. Il répondait juste un peu trop à l'appel du large.

Ty lui avait un jour expliquée que son neveu travaillait dans tout le pays, qu'il était le genre d'homme à vite se lasser de la routine et à chercher sans cesse de nouvelles aventures.

Exactement le genre d'homme dont elle n'avait pas besoin dans sa vie. Ses fils ne devaient pas se lier à lui non plus. D'un autre côté, comment ignorer la connexion qui s'était établie entre Dylan et les garçons dès le premier jour ? Ils lui parlaient, lui demandaient des conseils. Cody discutait plus facilement, et Jake commençait même à se calmer, à écouter et à mémoriser tout ce que Dylan pouvait lui expliquer. Pour la première fois depuis bien longtemps, elle voyait ses fils changer et elle n'avait pas envie de les priver de ça.

Sans compter qu'elle-même était attirée par Dylan. Il était attentionné, gentil. Plus d'une fois, elle avait surpris ses regards sur elle. Elle l'étudiait aussi. Pensait-il à elle aussi souvent qu'elle pensait à lui ?

D'un seul coup, Cody poussa un cri de victoire.

— Ça y est ! J'en ai un !

— Bravo, mon grand ! s'écria Dylan en lui donnant une claque dans le dos. Tu as même été plus rapide que ta mère.

— Je veux voir !

Jake se précipita vers son frère, lâchant sa canne qu'Abby rattrapa au dernier moment, juste avant qu'elle tombe à l'eau.

— Waouh ! s'exclama-t-il. C'est un gros poisson !

— C'est super, Cody, dit-elle. Tu sais que tu pourrais tous nous battre.

— Pourquoi ? C'est une compétition ?

Dylan sourit à Abby, et elle lui rendit son sourire.

— Eh bien, ta mère et moi avons fait un pari, expliqua Dylan, mais je pense que tout le monde devrait participer. Celui qui attrape le plus de poissons…

Il s'interrompit, la laissant achever sa phrase à sa place.

— Décidera où on va dîner, conclut-elle.

Cody lui lança un regard soupçonneux.

— Même si c'est dans un fast-food ?

Le grand tabou. Le petit plaisir qu'Abby n'autorisait qu'une fois de temps en temps. En général, elle s'arrangeait plutôt pour leur cuisiner un repas sain et équilibré, qu'elle laissait mijoter et qui lui attirait toujours des critiques de son aîné. Si cela n'avait tenu qu'à lui, Cody aurait vécu de cheeseburgers et de pizzas !

Mais, fast-food ou non, son aîné semblait intéressé par le pari, et elle ne voulait pas gâcher ça pour une histoire de frites.

— Même si c'est dans un fast-food, répondit-elle donc avant de relancer sa ligne. Mais si je gagne, on va au petit restau végétarien de la 4ᵉ Rue.

Cody grimaça.

— Non… Je déteste cet endroit, maman.

— Dans ce cas, mets-toi au travail.

Elle sourit à son fils et obtint un sourire en retour. Un sourire rapide mais c'était un début. Un très bon début.

Elle croisa le regard de Dylan et, l'espace de quelques secondes, elle fut ravie de passer ce moment en famille, de voir ses enfants s'amuser et rire. Puis elle se souvint que ce n'était qu'un moment, rien de plus. Dylan n'était pas son mari, pas même son petit ami. Il n'était qu'un homme capable de disparaître du jour au lendemain sans donner d'explications.

Quand ils rentreraient, tout à l'heure, elle retrouverait son quotidien de mère célibataire. Mieux valait se concentrer là-dessus plutôt qu'imaginer un avenir qui ne serait jamais le sien.

7

Dylan rangea les cannes à pêche dans le coffre du bateau, puis attrapa la glacière d'Abby et rejoignit les autres sur la jetée. Son oncle avait l'air fatigué, ce qui le surprit ; il avait toujours vu Ty souriant et plus énergique qu'une classe de maternelle. Ty dit au revoir à Abby et ses fils avant de grimper dans la jeep et de fermer les yeux.

Dylan soupira. Au moins, la journée n'avait pas totalement été un échec. Certes, oncle Ty n'avait pas retrouvé sa bonne humeur habituelle, mais il avait aidé Jake à pêcher et avait donné quelques astuces à Cody pour mieux appâter les poissons. Quand Cody avait remarqué la collection de leurres accrochée à sa casquette, il s'était même lancé avec lui dans un débat opposant les leurres cuillère et poisson.

Mais c'était Abby qui l'avait le plus étonné. Elle n'avait pas exagéré ses talents de pêcheuse ! Elle était vraiment très douée. Pour la première fois depuis leur rencontre, il l'avait vue se détendre complètement et sourire sans arrêt tandis qu'elle remontait ses prises l'une après l'autre. Cody avait gardé la tête jusqu'au dernier moment, quand sa mère avait attrapé deux poissons coup sur coup. Ils avaient rejeté toutes leurs prises à l'eau, parce que Jake avait peur que leur famille leur manque. C'était… mignon. Dylan se souvenait même d'avoir dit quelque chose comme ça, à son âge.

Il rangeait les gilets de sauvetage dans leur emplacement, à l'avant du bateau, quand Cody s'approcha de lui.

— Merci de nous avoir emmenés à la pêche, marmonna-t-il. Je me suis bien amusé. Je n'avais encore jamais fait ça et c'est si… apaisant.

Il haussa les épaules et ajouta :

— J'ai l'air d'un nul.

— Non, pas du tout. Quand l'eau est aussi calme et quand le soleil nous réchauffe comme aujourd'hui, on a toujours l'impression de sentir le monde s'arrêter. Tu vois, maintenant, c'est moi qui ai l'air d'un nul. On dirait un poème de Walt Whitman.

Cody se mit à rire.

— Je comprends. Ça fait oublier les bulletins de notes, les devoirs, tous ces trucs.

— Tu veux dire que tes bulletins de notes et tes devoirs sont tes plus grandes préoccupations ?

Cody grimaça.

— Non, pas vraiment. Mais j'ai beaucoup réfléchi et je me dis qu'il serait temps de changer ça. J'imagine que je vais avoir besoin de réussir à l'école pour avoir un boulot comme le tien. Construire des maisons et d'autres choses.

L'idée que Cody puisse avoir envie de se lancer dans la même carrière que lui émut Dylan. Voir un enfant vous admirer, essayer de marcher dans vos pas… Était-ce une joie de parent ? Sans doute. Seulement lui, il n'était pas un modèle à suivre. Il avait peut-être réussi à reprendre sa vie en main, mais surmonter ses erreurs lui avait demandé beaucoup d'efforts.

— Le plus important, pour construire une maison, c'est de savoir calculer des angles, lire des plans et négocier des contrats, expliqua-t-il. Si tu veux obtenir ton statut d'artisan, tu dois passer un examen. Du coup, être attentif au lycée peut t'apporter beaucoup.

Cody frotta le bout de sa chaussure sur le bois du pont, le visage caché par la capuche de son sweat-shirt.

— Est-ce que je peux te demander quelque chose ?

— Bien sûr.

Dylan se redressa et s'appuya à la rambarde d'acier.

— Tu m'as dit que tu ne t'entendais pas bien avec ton père et que… euh… qu'il n'était pas souvent là, dit Cody après avoir hésité quelques secondes.

— Oui. Il vivait avec nous, mais il travaillait beaucoup et quand il était à la maison, c'était mon grand frère qui avait droit à toute son attention. À ses yeux, je n'étais bon qu'à m'attirer des ennuis. Mais, heureusement, j'avais mon oncle Ty pour apprendre à pêcher et à bricoler.

— Et tu… Je veux dire…

Cody prit une profonde inspiration.

— Est-ce que tu as déjà dit à ton père que ça te faisait du mal ?

— Ouais.

Ça s'était passé plus de dix ans plus tôt, mais Dylan entendait toujours ses paroles résonner à ses oreilles. Ces mots amers qu'il avait jetés à la figure de son père avant de prendre ses affaires et de quitter la maison.

« J'ai toujours été une déception pour toi ! »

Son père était resté immobile, n'avait rien dit. Même quand Dylan avait claqué la porte et sauté dans sa voiture, son père n'avait pas bougé ; il l'avait laissé partir sans un mot. Depuis, ils n'avaient échangé que quelques brefs coups de téléphone pour les fêtes et les anniversaires. À chaque fois, son père lui détaillait tous les succès de Sam. Visiblement, son second fils continuait à le décevoir.

— J'espérais qu'il allait changer, expliqua-t-il, mais certaines personnes en sont incapables. Néanmoins, si on veut savoir si quelqu'un peut changer, il n'y a pas trente-six solutions : il faut lui en laisser l'occasion. En discuter avec lui.

Il repensa au gosse qu'il avait engagé autrefois, celui qui l'avait abandonné au milieu d'un chantier et qui avait travaillé plus dur que jamais quand Dylan lui avait offert une seconde chance.

— Je ne pense pas que mon père puisse changer, marmonna Cody en haussant les épaules pour cacher sa tristesse évidente. En tout cas, merci pour la pêche.

— Quand tu veux, Cody.

L'adolescent s'éloigna, et Dylan attendit quelques minutes, sous prétexte de mettre de l'ordre sur le bateau, avant de le suivre.

Il rangea la glacière dans le coffre de la voiture d'Abby puis, en se retournant, il vit qu'elle tenait un Jake endormi dans ses bras, luttant sous le poids de son grand garçon de quatre ans. Cody était déjà installé sur la banquette, prêt à partir. Sa capuche recouvrait son visage, et il était une fois de plus concentré sur son téléphone.

— Laisse-moi prendre Jake, proposa Dylan en tendant les bras.

— Tu n'es pas obligé de…

— Je sais.

Il insista d'un sourire, et Abby finit par céder. Jake bougea à peine quand Dylan le prit.

Il pesait contre sa hanche comme une lourde couverture chaude. C'était la première fois que Dylan portait un enfant comme ça. Bien sûr, il connaissait plein de gens qui avaient des enfants, mais il ne s'en était jamais préoccupé. C'était agréable, pourtant, de sentir Jake abandonné contre son épaule, les bras tombant dans son dos. Ses cheveux sentaient le shampoing à la pomme, rappelant à Dylan les bains du soir et les batailles d'eau entre son frère et lui…

Il suivit Abby et attendit qu'elle ouvre la portière arrière. Quand il se pencha pour déposer Jake sur son rehausseur, le petit garçon remua un peu.

— Merci pour la pêche, marmonna-t-il d'une voix pâteuse. C'était bien, oncle Dylan…

Oncle Dylan ?

— Je suis content que tu te sois amusé, Jake.

Ne sachant pas comment réagir à ce surnom inattendu, Dylan se contenta d'attacher la ceinture de Jake.

— On pourra revenir ? Bientôt ? demanda encore le petit garçon.

À côté de lui, Cody leva les yeux de son téléphone et guetta la réponse, tout en faisant de grands efforts pour ne pas paraître intéressé.

— Euh… Bien sûr, répondit Dylan.

En prononçant ces mots, il comprit qu'il ne pourrait peut-être pas tenir sa promesse. Encore une semaine, et il devrait rejoindre le Maine. Les travaux les plus urgents du centre seraient terminés d'ici là et, avec un peu de chance, oncle Ty se remettrait au travail, lui permettant enfin de quitter Stone Gap.

Ainsi que Jake et Cody. Et Abby.

C'était probablement mieux pour tout le monde, se dit-il. Partir avant de trop s'attacher, avant de ressembler à Jake avec son chiot.

Abby posa son sac dans la voiture et se glissa derrière le volant.

— Merci, Dylan. Je suis du même avis que Jake : ça a été une très bonne journée.

— C'était un plaisir répondit-il en souriant. Je suis content que vous ayez tous passé une bonne journée. Et toutes mes félicitations : tu as remporté notre petit concours haut la main. J'avoue que j'ai peut-être un peu exagéré mes talents de pêcheur…

Elle éclata de rire.

— Tu as remonté une prise, non ? C'est mieux que rien. Et tu as le droit de profiter du prix du vainqueur, si tu veux dîner avec nous.

— On est vraiment obligés d'aller au restau végétarien ? intervint Cody. Tu sais que je n'aime vraiment pas ça, maman. Ça me donne envie de vomir !

Abby se mit à rire. Dylan aimait la voir comme ça : détendue, libérée de son stress.

— Je te propose un compromis, répondit-elle à son aîné. Pour te récompenser d'avoir battu des records, toi aussi. Burgers maison au jardin, ça te va ?

Le visage de Cody s'illumina, mais il s'efforça bien vite de dissimuler son enthousiasme, comme s'il avait peur qu'on puisse le croire heureux.

— Ouais, ça serait pas mal…

— Dylan ? Tu viens dîner avec nous ? s'empressa de demander Jake, tout à fait réveillé.

Dylan hésita. Quelques instants plus tôt, Abby l'avait invité au restaurant – avait-elle été sincère ou bien n'était-ce qu'une formule de politesse ? –, ce qu'il avait voulu refuser, prétextant qu'il avait du travail au centre. Ses jours à Stone Gap étaient comptés, le temps passait, et il avait encore beaucoup à faire. Plus il s'attacherait à cette famille – à cette femme – plus le départ serait pénible.

— Jake, je suis sûre que Dylan a des choses à faire, ce soir, déclara Abby. Nous l'avons déjà bien assez retardé.

— Mais je veux qu'il vienne, maman. C'est mon ami !

Ce mot frappa Dylan en plein cœur. « Mon ami. » « Oncle Dylan. » En quelques jours à peine, Jake lui avait fait une place dans sa vie.

Ce gamin ne voyait ni son passé ni ses erreurs. Il le prenait tel qu'il était et le considérait simplement comme un copain. Quelqu'un qui aimait les dinosaures autant que lui.

Finalement, était-ce une si mauvaise chose ?

Dylan jeta un rapide coup d'œil à Cody et vit qu'il attendait sa réponse, lui aussi. Les deux garçons comptaient sur lui. Il n'était certes pas le genre d'homme sur lequel on pouvait s'appuyer, mais il ne le dit pas. Il y avait quelque chose de… magique dans l'air, en cet instant. Quelque chose qui se dégageait de la joie de toute la famille Cooper et qui volait jusqu'à lui. Il n'avait aucune envie de briser cette bulle de bonheur.

Et puis ce n'était qu'un barbecue. Pas un engagement à vie.

— Que diriez-vous, si j'apportais une salade de pommes de terre ? demanda-t-il au bout d'un long moment.

Un sourire illumina le visage d'Abby.

— Oui, ça me semble parfait. Tu peux venir à partir de 17 heures.

— OK. À tout à l'heure.

Il fit signe aux garçons puis ferma la portière d'Abby et retourna à sa jeep, le pas plus léger. Un barbecue. On ne faisait pas plus campagne américaine et *apple pie* que ça… Il s'installa derrière le volant et démarra.

— C'est une femme bien, déclara soudain oncle Ty.

— Qui ?

Son oncle lui jeta un coup d'œil sévère.

— Ce n'est pas parce que je suis vieux et un peu lent que je suis devenu stupide en prime. Je te parle d'Abby. Elle est le genre de femme qu'un homme intelligent essaie de garder toute sa vie.

Dylan leva vivement la main.

— Stop ! Je vais juste dîner avec elle et les garçons, oncle Ty. N'essaie pas de nous marier !

— Dans ce cas, sois très prudent. J'ai bien vu de quelle manière ces enfants te regardent. Ils t'ont déjà intégré à leur petite famille. Et Abby…

— Abby quoi ?

Il était à la fois curieux et effrayé à l'idée d'en savoir plus. Parce qu'il savait déjà ce que Jake ressentait pour lui – oncle Dylan –, et si jamais Abby commençait aussi à s'appuyer sur lui, à penser à l'avenir…

Ty ne répondit pas tout de suite. Dylan sortit du parking et s'engagea sur la route.

— Ne lui brise pas le cœur, c'est tout, répondit enfin oncle Ty. C'est une femme bien et, comme je te l'ai dit, elle a traversé beaucoup d'épreuves.

Dylan poussa un soupir exaspéré.

— Pourquoi est-ce que tout le monde s'attend toujours au pire, venant de moi ? répliqua-t-il.

Ty remua sur son siège et le dévisagea gravement.

— Je n'ai jamais dit que tu n'es pas assez bien pour elle, fiston. Je te conseille juste de rester prudent et de ne pas lui faire de mal. Je sais que tu n'as pas prévu de rester en ville, et Abby… Abby est du genre à prendre racine.

— Je sais.

C'était bien pour ça qu'une guerre faisait rage dans sa tête, depuis plusieurs jours.

— Je vois bien comment tu la regardes, reprit son oncle. Je regardais Virginia de la même manière quand nous nous sommes rencontrés.

Dylan prit à droite puis à gauche, traversant la ville pour rejoindre la maison de son oncle, à deux pas du centre communautaire. Les jours de beau temps, son oncle et sa tante venaient au centre à pied, main dans la main, en discutant sans s'arrêter. Ils riaient souvent, comme si leurs éclats de rire étaient des étincelles qui illuminaient chacun de leurs pas. Dylan avait toujours pensé que leur amour était parfait, qu'il sonnait juste. C'était une de ces rares relations dans lesquelles chacun complétait l'autre.

— Eh bien, sache que ce que tu as connu avec tante Virginia était aussi rare qu'une poule à deux têtes.

— Cela ne veut pas dire que la même chose ne t'arrivera pas, fiston. Mais il faudrait d'abord que tu décides de poser tes valises quelque part et de mêler ton destin à celui d'une femme.

Dylan fronça les sourcils.

— Comment est-ce qu'une simple journée de pêche a

pu tourner aux leçons de morale ? Si je te laisse continuer sur ta lancée, tu m'auras marié avant ce soir !

Ty sourit, le premier vrai sourire depuis des heures.

— Tu n'as toujours pas compris, gamin ? Parfois, quand on va pêcher, on attrape quelque chose d'inattendu. Une vraie récompense.

Dès qu'elle fut rentrée chez elle, Abby prit une longue douche chaude. Elle se rasa les jambes, se fit un brushing rapide, vaporisa un peu de parfum au creux de son cou et se maquilla.

Pour un barbecue.

Elle changea deux fois de tenue, se décidant finalement pour un jean slim et un chemisier bleu marine. Elle rangea la maison déjà impeccable, fouilla les placards de la cuisine à la recherche d'un gâteau minute à jeter dans le four puis prépara les steaks.

Quand son téléphone sonna, à 16 h 30, elle serra les dents, persuadée que Dylan appelait pour annuler. Elle se répéta que c'était sans doute une bonne chose, étant donné qu'elle ressentait déjà une certaine affection pour lui.

Mais ce n'était pas Dylan. Le nom de sa sœur Melanie s'afficha sur l'écran.

— Salut, Mel ! Ça va ?

— Bof. Je rentre du boulot, et il y a des bouchons partout. Je pensais que partir un peu plus tôt me permettrait d'y échapper mais, non, répondit Melanie en soupirant. J'ai un rendez-vous important avec un gros publiciste, ce soir. Tu sais, paillettes, restaurant gastronomique, la totale.

— Je ne me souviens même pas avoir déjà mis les pieds dans un restaurant gastronomique, lui fit remarquer Abby. Et Adam ? Il va bien ?

Il y eut un semblant d'hésitation chez sa sœur.

— Tout le monde va bien. Super bien. Tu sais, comme

d'habitude. On travaille beaucoup, on dépense beaucoup et on ne dort pas assez. On pensait partir en Europe pour les fêtes, cette année.

— En Europe ?

Abby sentit une pointe de jalousie monter en elle. Jamais elle ne pourrait offrir ce genre de vacances à ses fils. Melanie, elle, était libre ; elle n'avait pas d'enfants.

— En tout cas, je suis contente que tout aille bien pour toi, ajouta-t-elle en étouffant son amertume. Tu as l'air en pleine forme.

— Oui… Oui, en pleine forme.

Melanie manquait d'enthousiasme, pour quelqu'un qui était en pleine forme. Abby s'inquiéta aussitôt. Sa sœur était-elle vraiment aussi heureuse qu'elle voulait le faire croire ? Ou bien était-elle juste excédée par les bouchons ?

— Tout va bien, Mel, tu es sûre ? Je veux dire… Tu ne m'appelles pas souvent et…

— Je voulais juste prendre de tes nouvelles.

Melanie laissa échapper un soupir irrité avant de reprendre :

— Pourquoi est-ce que tu me cherches, comme ça ?

— Désolée.

Abby préféra changer de sujet et dit d'une voix aussi légère que possible :

— C'est bientôt ton anniversaire. Tu veux que je te prenne un billet d'avion pour venir fêter ça ici, avec nous ? Les garçons seraient ravis de te voir. Oh ! et tu te souviens d'Harris McCarthy, du lycée ? Il est en ville, depuis quelque temps. Il est devenu constructeur, ou quelque chose comme ça, et un joueur de base-ball à la retraite qui habite dans le coin l'a engagé. J'ai vu ça dans le journal, l'autre jour. Le monde est petit, non ?

— Harris McCarthy ? Du lycée ? Je… Je me souviens à peine de lui.

Abby éclata de rire.

— C'est ça ! Tu étais folle de lui, à l'époque ! J'étais

même convaincue que vous finiriez par vous marier. Mais j'imagine que ton prince charmant t'attendait ailleurs.

— Oui, eh bien, les choses ne finissent pas toujours comme dans les contes de fées, répondit Melanie d'un air sombre avant de lâcher un petit rire. Bon ! Je dois y aller. J'ai… les bouchons, mon rendez-vous. Tout ça. Salut !

Et elle raccrocha.

Abby s'inquiéta un instant de cet étrange coup de téléphone puis le chassa de son esprit. Melanie vivait comme une star. Elle était rédactrice d'un grand magazine féminin et avait épousé un ancien mannequin. Peut-être que sa vie de couple traversait un petit passage à vide, comme beaucoup. De toute manière, s'il y avait bien une chose dont Melanie n'avait pas besoin, c'était que sa grande sœur s'en fasse pour elle.

Quelques minutes avant 17 heures, la sonnette retentit.

Elle vérifia l'état de sa coiffure et de son maquillage dans le miroir de l'entrée puis ravala un soupir exaspéré. Pourquoi s'inquiétait-elle tant ? Ce n'était pas un rendez-vous romantique mais une soirée burgers, et c'était Jake qui avait invité Dylan, pas elle. Seulement, à l'instant où elle ouvrit la porte… elle oublia ces détails.

Dylan s'était douché et s'était changé, lui aussi. Abby pouvait sentir le frais parfum du savon. Ses cheveux étaient encore humides, faisant retomber ses boucles châtain foncé un peu trop longues sur ses oreilles et dans sa nuque. Il portait un jean et un T-shirt vert sombre qui soulignait les muscles appétissants de son torse.

Respire, Abby.

— Voilà la salade de pommes de terre ! annonça-t-il en lui tendant un grand saladier de faïence recouvert de film étirable.

Elle haussa un sourcil, surprise.

— C'est toi qui l'as faite ?

Dylan éclata de rire.

— Oh non ! Je suis incapable de cuisiner quoi que ce soit. J'ai demandé à Della où l'on pouvait trouver la meilleure salade de pommes de terre de Stone Gap et elle a répondu : « Juste là, dans ma cuisine. » Elle en a fait un plein saladier et elle m'a aussi donné ça en insistant bien pour qu'ils soient réservés à Jake et Cody. Apparemment, ce n'est pas pour les grands.

Il sortit de sa poche un sachet rempli de cookies aux pépites de chocolat.

— Dans ce cas, j'ai bien fait de préparer un brownie, pour avoir ma dose de cacao, répondit Abby. Della est vraiment un ange et elle gâte beaucoup trop les garçons. On dirait qu'elle est une sorte de grand-mère pour tout le monde.

Elle ouvrit un peu plus la porte et fit signe à Dylan d'entrer, tout en enchaînant très vite, pour masquer sa nervosité :

— À une époque, elle gardait les deux enfants de ton frère, tu sais. Jake et Henry s'entendent très bien. D'ailleurs, Henry et Libby passent au centre communautaire au moins une fois par semaine. Tu devrais les voir assez vite. Tu risques d'être surpris par Henry, il a tellement grandi ! Il parle autant que Jake et, quand ils sont assis ensemble à l'école, on se croirait en plein débat du Congrès. J'avoue que c'est agréable de voir à quel point les enfants de Sam se sont épanouis depuis que Katie est arrivée dans leurs vies.

— Je… Je n'ai jamais rencontré Henry et Libby.

Dylan prit l'assiette des steaks et suivit Abby dans le jardin.

— Autre question, qui est Katie ? demanda-t-il.

Abby n'en revint pas. Il n'avait jamais entendu parler de la fiancée de son frère ? Impossible… Soudain, elle se souvint qu'il n'était plus très proche de Sam, depuis son départ. Qu'est-ce qui avait bien pu séparer deux frères à ce point ? Si elle connaissait bien Katie et les enfants, elle n'avait pas souvent vu Sam. Néanmoins, il lui donnait l'impression d'être un homme bien, une version plus âgée de Dylan.

— Katie est la belle-sœur d'un des Barlow et elle s'est installée en ville il y a quelque temps, expliqua-t-elle en allumant le barbecue à gaz. Sam l'a engagée comme baby-sitter et, le temps de dire « ouf », il était amoureux d'elle. Tu devrais le voir. Depuis, il se promène toujours avec un sourire jusqu'aux oreilles. Le mariage est prévu pour la fin du mois.

— J'imagine que je suis resté absent trop longtemps…

Un mélange d'émotions traversa le regard de Dylan. Il était visiblement blessé de voir que son frère ne le tenait pas au courant de sa vie.

Soudain, Jake se précipita vers eux et se jeta dans les jambes de Dylan.

— Tu es venu à notre fête !

Abby ne put s'empêcher de rire.

— Mon cœur, nous avons un invité, ce soir. Ce n'est pas une fête.

Dylan s'accroupit pour regarder le petit garçon dans les yeux.

— Merci de m'avoir invité, Jake. Et je crois bien qu'avec un ou deux ballons, on pourrait parler de fête…

Jake fit la moue.

— Je n'ai pas de ballons. Parce que c'est pas mon anniversaire.

Dylan fouilla dans sa poche et en tira une poignée de ballons de baudruche de toutes les couleurs.

— Tu veux bien m'aider à les gonfler ? demanda-t-il. Je crois que l'on peut se permettre d'avoir des ballons, ce soir, même si ce n'est l'anniversaire de personne.

— Oui !

Abby dressa la table, tandis que Dylan et Jake faisaient un concours pour savoir qui arriverait à gonfler le plus de ballons. Au bout de quelques minutes, ils en avaient une douzaine autour d'eux, et Jake se mit à jouer avec, riant en voyant les ballons flotter dans les airs au moindre coup de pied. Cody, contre toute attente, était venu les aider ; il faisait les nœuds pour son petit frère et participa à l'effort de gonflage.

Mme Reynolds arriva à son tour avec ses chiots, qui se mirent à courir après Jake au milieu des ballons. Abby vit son cadet sourire à s'en décrocher la mâchoire. Dylan se laissa tomber dans l'herbe et fut bientôt soumis à un assaut de chiens mené par Jake.

Tout en contemplant ce joyeux bazar, Abby ressentit le même pincement au cœur que sur le lac. C'était à ça que pouvait ressembler une famille avec deux parents. Deux parents aimants et attentionnés… Mais cette pensée était très dangereuse, et elle le savait. Elle n'était pas femme à rêver d'un avenir irréalisable.

Au contraire, elle s'était toujours efforcée de vivre comme une personne rationnelle et pragmatique. Seulement, quand il s'agissait de ses fils et de la vie de famille dont elle avait toujours rêvé, son côté désespérément romantique lui inspirait toujours des fantasmes de maison heureuse et de jardin fleuri. Hélas, ce soir, il n'y avait qu'un barbecue et une poignée de ballons. Cela ne suffisait pas à forger une nouvelle vie.

Sans compter que Dylan ne projetait absolument pas de s'installer quelque part et qu'il aurait bientôt quitté la ville. Elle pouvait le désirer, avoir envie de sentir ses mains sur elle, cela n'y changerait rien.

— C'était gentil de ta part d'apporter ces ballons. Les garçons s'amusent comme des fous, dit-elle lorsque Dylan la rejoignit.

C'était si simple. Juste une poignée de ballons. Et pourtant, la joie de Jake lui serrait presque le cœur.

Malgré tout, elle n'avait pas envie de s'attacher à Dylan ou de compter sur lui. Elle n'avait pas envie de lui faire une place dans son petit monde bien organisé. Seulement voilà, à chaque fois qu'elle était sûre de sa décision, il faisait quelque chose d'adorable… et toutes ses barrières cédaient.

Contemplant les garçons un instant, il haussa les épaules.

— J'ai été gosse, moi aussi. J'ai pensé que ces ballons pourraient faire plaisir à Jake. Cela ne vaut pas les petits chiens, mais c'est amusant quand même.

Seigneur, pourquoi était-il aussi attentionné ? Il ne l'aidait pas beaucoup à le tenir éloigné d'elle… et de son cœur.

Elle détourna le regard et alluma le barbecue. C'était beaucoup plus facile que de s'occuper des émotions compliquées qui l'envahissaient.

Dylan restait immobile, tout près d'elle. La chaleur de son corps l'enveloppant peu à peu. Elle aurait voulu tendre la main, le toucher, sentir ses muscles sous son T-shirt. Elle aurait voulu se couler contre lui pour s'abandonner à un nouveau baiser passionné.

— Hé, dit-il avec douceur, tu as eu une longue journée. Une longue semaine, même, entre ton travail, l'aide que tu as apportée au centre et les garçons. Qu'est-ce que tu dirais de me laisser m'occuper du barbecue ?

— Je croyais que tu ne savais pas cuisiner.

— C'est vrai. Mais quand il s'agit de m'occuper de quelque chose qui grille sur une flamme, je suis ton homme.

Il gonfla son biceps et sourit.

« Je suis ton homme. »

Ces quatre petits mots la frappèrent en plein cœur et ouvrirent une brèche dans la muraille qu'elle avait dressée autour d'elle pour se protéger, pendant toutes ces années. Elle aurait tellement aimé pouvoir croire ces paroles, même s'il les avait prononcées pour plaisanter. Elle aurait voulu se convaincre que Dylan allait rester, qu'il serait un soutien pour ses fils, qu'il la soulagerait d'une part de ce fardeau qu'elle portait seule et qu'il saurait la traiter avec bonté, amour…

Mais elle n'était pas si naïve. Dylan lui-même lui avait dit qu'il comptait repartir. Qu'il n'était pas du genre à prendre racine où que ce soit.

— Merci d'avoir proposé, mais je vais me débrouiller, dit-elle avant de se détourner pour cacher à Dylan la vérité qui devait briller au fond de ses yeux.

Quelque chose avait changé, chez Abby, quand Dylan avait offert les ballons à Jake. Pendant un instant, il l'avait vue s'ouvrir, s'illuminer, puis elle avait de nouveau dressé ce mur infranchissable entre eux, redevenant froide et distante.

Peut-être qu'elle avait senti le tumulte d'émotions qui l'avait bouleversé quand il avait appris que son frère avait une fiancée. Il lui avait fallu quelques secondes pour comprendre ce que ce mariage à venir, auquel il n'avait pas été invité, signifiait pour lui. Et plus de temps encore pour ravaler sa déception. Une partie de lui était blessée de ne pas avoir appris tout cela de la bouche même de Sam, mais il savait aussi que c'était logique. Son frère et lui ne se parlaient presque jamais et leurs échanges se terminaient plutôt mal, la plupart du temps. Comme le dernier, l'autre jour.

Bien sûr, il était content d'apprendre que Sam avait retrouvé quelqu'un à aimer. Tous deux ne s'entendaient peut-être pas, mais cela ne l'empêchait pas de souhaiter tout le bonheur du monde à son grand frère et ses neveu et nièce. S'il restait assez longtemps en ville, il aurait peut-être l'occasion de rencontrer cette fameuse fiancée, même s'il n'assistait pas au mariage.

Rester assez longtemps en ville ? Il n'avait plus qu'une semaine devant lui avant de devoir retourner dans le Maine. Dans quelques jours à peine, il serait à des centaines de kilomètres de Sam. De Jake et Cody. D'oncle Ty. D'Abby.

Et, à bien y réfléchir, c'était très certainement ce qui la poussait à garder le plus de distance possible entre eux. Il ne lui avait fait aucune promesse, rien qui dépasse les limites de son court séjour en ville. Mais, alors qu'elle aidait Jake à se servir un peu de salade de pommes de terre, elle posa un instant les yeux sur lui, et il sentit son cœur s'emballer.

Cody s'éclipsa dès qu'il eut fini de manger, annonçant qu'il allait chez un copain. Jake, toujours fatigué par sa journée de plein air, alla vite s'endormir devant la télévision en serrant bien fort un dinosaure en plastique dans sa main. Dylan aida Abby à rentrer la vaisselle puis entreprit de la laver sans lui laisser le temps d'intervenir.

— Tu n'as pas besoin de faire ça, dit-elle.

— Je sais.

Il indiqua le torchon d'un signe de tête.

— Tu veux bien essuyer ?

Il s'attendit à ce qu'elle trouve une nouvelle excuse pour s'écarter de lui, comme tout à l'heure. Quand ils étaient passés à table, Cody et Jake s'étaient installés d'un côté, laissant l'autre à leur mère et lui. Mais au lieu de manger tranquillement près de lui, Abby avait passé son temps à se lever pour remplir les verres de tout le monde et rapporter de la cuisine des serviettes supplémentaires dont ils n'avaient absolument pas besoin.

Avait-elle fait tout cela pour lui montrer qu'il ne l'intéressait pas ? s'était-il demandé. Ou bien au contraire parce qu'il l'intéressait beaucoup et qu'elle avait peur d'aller plus loin ? Il avait toujours un peu de mal à comprendre les femmes.

Une chose était sûre, l'énergie qui circulait entre eux n'était pas le fruit de son imagination, pas plus que sa réaction quand il l'avait embrassée, l'autre soir.

Et il n'avait pas envie de voir cette soirée se terminer. Si faire la vaisselle ou même nettoyer la maison de fond en comble lui permettait de s'attarder encore un peu, il était partant. Même s'il savait au fond de lui qu'il ne faisait que commencer une relation vouée à l'échec.

Abby hésita un instant puis prit le torchon et s'installa

près de lui, devant le plan de travail. Dylan perçut de nouveau son parfum floral et capiteux. Plus tôt dans la soirée, elle avait relevé ses cheveux, et il avait eu soudain très envie d'embrasser sa nuque découverte avant d'écarter le col de son chemisier pour poser ses lèvres sur l'arrondi de son épaule…

Une assiette encore savonneuse à la main, il se tourna vivement vers elle.

— Sors avec moi, dit-il.

— Dehors ? Mais il ne reste plus rien sur la table. On a tout rentré et…

— Non, je veux dire : sors avec moi, pour un rendez-vous.

Sa proposition était venue comme ça, sans qu'il y ait réfléchi, même si cette idée avait commencé à germer en lui dès l'instant où il avait rencontré Abby. La jeune femme l'intriguait, avec son mélange de force et de vulnérabilité. Il aimait ses contrastes : concentrée sur son écran lorsqu'elle avait travaillé dans le bureau de Ty, dansant avec son fils sur des musiques démodées, ou montant sa ligne seule et d'une main sûre quand elle pêchait.

Bien sûr, il lui demandait beaucoup. Après tout, il quitterait la ville avant même que cette relation ait eu le temps de s'épanouir. D'ailleurs, un homme comme lui méritait-il vraiment d'être en couple, surtout avec une femme aussi merveilleuse qu'Abby ? Sans doute pas. Mais il ne voulait pas non plus partir dans le Maine sans avoir passé au moins une nuit en tête à tête avec elle. Sans avoir entendu son rire à son oreille, sans avoir vu son sourire. Sans l'avoir prise dans ses bras.

Abby prit une nouvelle assiette sur le séchoir et l'essuya consciencieusement.

— Je ne sais pas, Dylan… J'imagine que Cody serait capable de s'occuper de Jake le temps d'une soirée, mais il n'est pas toujours très fiable, malgré son âge.

— Della pourrait garder Jake. Elle m'a dit qu'elle l'adorait. Ou Ty. Tu sais à quel point il est doué avec les enfants. Et je suis sûr que la présence de Jake lui fera oublier ses soucis pendant un moment.

Il finit de rincer l'assiette qu'il tenait encore à la main et la lui tendit.

— Depuis quand tu ne t'es pas autorisé un rendez-vous galant ?

Elle laissa échapper un petit rire amer.

— Je ne m'en souviens même plus ! C'est triste, non ?

Oh oui, c'était triste. Abby était une femme aussi intelligente que belle. N'importe quel homme songerait à sortir avec elle. Pour la centième fois, Dylan se demanda ce qui avait rendu son ex-mari aveugle à ce point.

— Raison de plus pour accepter ma proposition, dit-il en lui tendant une autre assiette.

Elle l'essuya lentement puis la posa sur la pile et resta un instant immobile, perdue dans ses pensées.

— Pourquoi accepterais-je un rendez-vous avec toi alors que tu n'as pas l'intention de rester en ville ? Alors que ce n'est qu'un arrêt temporaire pour toi ?

En quelques mots douloureux, elle avait résumé toute la vérité, songea Dylan, sentant naître une boule au creux de son estomac. Oui, il allait bientôt partir, mais pour l'instant, tout ce qu'il voulait, c'était apprendre à mieux connaître Abby. Découvrir ce qui l'amusait. Sentir son corps sous le sien. Il en voulait plus encore… Mais il savait aussi qu'elle avait raison : il n'avait pas le droit de lui demander quoi que ce soit.

— Est-ce que tout doit toujours être permanent, dans ta vie, Abby ? Nous pouvons passer une soirée ensemble, nous amuser et en rester là…

Une soirée. Ça devrait être suffisant, non ?

Il ferma le robinet, s'essuya les mains et s'appuya contre le plan de travail.

— Laisse-toi un peu aller, tu en as besoin, ajouta-t-il.

Elle secoua vivement la tête.

— Non. Je ne sais pas faire ça, Dylan. Je ne sais pas modifier mon emploi du temps ou partir en week-end à l'improviste. Toute cette maison…

Elle embrassa la cuisine du regard, ainsi que la porte du salon où dormait Jake.

— Tout cela fonctionne comme une machine bien huilée. Un boulon en moins, et tout s'écroule.

— Tu as passé un samedi à casser un mur, tu es allée à la pêche alors que ce n'était pas prévu et tu viens d'organiser un barbecue à la dernière minute. Aucun drame n'a suivi, il me semble.

Il se pencha vers elle, plongeant son regard au fond de ses yeux, et murmura :

— Tu sais quoi ? Je crois que tu as simplement peur.

Elle redressa le menton et le défia du regard.

— Je n'ai pas peur d'aller à un rendez-vous !

— Dans ce cas, prouve-le. Le centre communautaire ferme à 18 heures, donc je passerai te prendre à 18 h 30 demain soir. Choisis une tenue confortable.

— J'ai une présentation à mettre au point pour…

Il l'interrompit en déposant un baiser dans le creux de son cou, puis sur ses lèvres douces. Elle n'essaya pas de protester davantage.

Un petit gémissement lui échappa, tandis qu'il explorait le creux de sa gorge et son décolleté, et cela suffit presque à lui faire perdre ses moyens. Elle passa les bras autour de sa taille, et son corps se colla contre le sien. Il aurait tant voulu la soulever de terre et la porter jusqu'à sa chambre pour passer la nuit à découvrir chaque courbe de son corps… Mais il trouva la force de s'écarter, conscient que Jake dormait dans la pièce à côté. Plus tard, se répéta-t-il. Plus tard, ils iraient jusqu'au bout de leurs désirs.

— À demain soir, Abby.

Un petit sourire se dessina sur ses lèvres.

— Tu sais que tu es têtu ?

— C'est ce que mon oncle m'a toujours dit.

Il n'avait aucune envie de partir, mais il avait encore des choses à terminer au centre, ce soir, pour que les enfants soient accueillis dans de bonnes conditions, le lendemain. D'ailleurs, peut-être que sortir de cette maison remplie de jouets, d'histoires à raconter et de chaleur humaine l'empêcherait de rêver à des choses qu'il ne pourrait jamais avoir.

— Merci pour le repas, ajouta-t-il.

— Tu as presque tout fait. À part allumer un barbecue, je me suis contentée de mettre ma table de jardin à disposition.

— Et tu as fait un brownie, n'oublie pas. C'est toujours plus agréable de finir avec un peu de douceur…

Il sourit, puis attrapa le saladier propre de Della et se dirigea vers la porte. Abby lui emboîta le pas. Quand ils passèrent devant le canapé, Jake dormait toujours, et Dylan se permit d'embrasser une dernière fois Abby.

— À demain.

— À demain, Dylan.

Elle prononça son nom avec une légère hésitation qui faillit le pousser à rester.

Il quitta la maison, déjà impatient d'être au lendemain.

Sur le chemin du centre, il ne put chasser Abby de ses pensées.

Elle s'attarda dans son esprit tandis qu'il clouait les lattes de parquet qui bougeaient, qu'il jointait les nouveaux carreaux de la salle de bains et qu'il repeignait la cloison que les Cooper et lui avaient montée, deux jours plus tôt. Et son esprit faisait mille projets…

Quelques heures plus tard, il rentrait à l'auberge. Ses muscles n'en pouvaient plus, mais son imagination était toujours aussi débordante quand il pensait à Abby. N'était-ce pas un signe que la jeune femme avait déjà pris une place trop importante dans sa vie ? Jamais encore une femme n'avait envahi le moindre recoin de sa tête, de jour comme de nuit. En fait, il pensait à elle presque tout le temps.

Quand il passa la porte de l'auberge, il remarqua que la cuisine était encore allumée. Della Barlow était assise à table, devant une pile de livres de recettes et un bloc-notes.

— Oh ! Dylan. Je suis juste en train de plancher sur les menus de la semaine prochaine. Nous avons de nouveaux clients qui arrivent vendredi.

Dylan rangea le saladier et s'assit en face de Della.

— C'est super. Les affaires tournent bien, alors ?

— Mieux que nous l'espérions, répondit-elle en poussant une assiette couverte de papier aluminium vers lui. Tiens, il reste des cookies au chocolat.

— Merci mon Dieu !

Il en prit deux et entama le premier sans se faire prier.

— J'avoue que j'étais jaloux de Jake quand il s'est jeté dessus, dit-il. Tu es vraiment la meilleure cuisinière du monde, Della. Ta salade de pommes de terre a eu un succès fou.

À force de manger à l'auberge, il allait sans doute quitter Stone Gap avec quelques kilos en plus ! Sans compter que Mavis apportait souvent des friandises au centre.

— C'était un plaisir, mon grand.

Elle posa son stylo et croisa les mains sur son bloc-notes. Ses lunettes glissèrent le long de son nez, et elle les enleva.

— Comment s'est passé le barbecue ? Et comment va Abby ?

— Ça s'est très bien passé, et Abby est…

Il haussa les épaules, comme un gosse que rien n'impressionne, mais un sourire traître lui monta aux lèvres. Il pouvait presque sentir sa joie circuler jusque dans ses orteils.

— Elle est unique, n'est-ce pas ? demanda Della avec un hochement de tête entendu. Elle ne vit à Stone Gap que depuis quelques années, mais elle a déjà su se rendre très utile auprès de tout le monde. Elle nous a même aidées à mettre en place des éléments de marketing quand on a ouvert l'auberge, avec Mavis. Et elle a refusé qu'on la paie.

Oh oui, il reconnaissait bien là Abby. Obstinée, mais qui ne comptait ni son temps ni ses efforts. Elle l'avait aidé pour ses travaux, elle essayait d'obtenir une subvention pour Ty, et cela, en plus de gérer un travail stressant et d'élever ses fils.

— Eh bien, quoi qu'elle ait fait, ça a l'air d'être efficace, si les réservations commencent à affluer, fit-il remarquer nonchalamment.

Della joua un instant avec son stylo d'un air pensif.

— Alors, est-ce que tu envisages de rester un peu plus longtemps ici, mon grand ? Il y a toujours des chantiers de rénovation, dans la région, surtout près de la ville. Je sais que tu n'as réservé ta chambre que jusqu'à la fin de la semaine prochaine, mais tu as l'air d'avoir retrouvé ta place à Stone Gap, comme la dernière pièce d'un puzzle.

— Non, je ne fais pas partie de ce puzzle, Della. Je ne suis pas fait pour vivre dans une petite communauté.

— Qu'est-ce que les petites communautés ont de si terrible ?

— Elles se referment sur vous. J'ai besoin d'espace, de place pour bouger et respirer librement.

Il repensa à tout ce qui était la vie à Stone Gap : le jugement des autres, les attentes…

— Et tu ne penses pas trouver tout ça ici ?

— Il n'y a pas grand-chose pour moi dans cette ville, Della. C'est pour ça que je suis parti, autrefois.

Bien sûr, il y avait son oncle et, maintenant, Abby mais rester auprès d'eux l'aurait contraint à un sacrifice qu'il n'était pas prêt à faire : poser ses valises, s'enraciner.

Della posa avec douceur sa main sur la sienne. Souvent, il s'était demandé ce que ça aurait été de naître dans la famille Barlow, et pas la famille Millwright.

— Cet endroit peut t'apporter beaucoup plus que tu le crois, tu sais. Ton oncle, le centre communautaire, ton frère…

Dylan ne put réprimer un rire amer.

— Sam et moi ne nous entendons pas vraiment. Un jour ou l'autre, oncle Ty reprendra les rênes du centre, et je…

— Tu partiras. Tu nous quitteras.

Son regard affectueux se posa sur lui. Depuis toujours, Della était une mère de substitution pour tous ceux qu'elle rencontrait. Elle était sage, gentille, généreuse et, plus que tout, elle ne jugeait jamais qui que ce soit.

— Ou bien est-ce plus une fuite qu'un simple départ, cette fois encore ? demanda-t-elle d'une voix douce.

Et elle avait toujours raison…

Bien sûr il n'arrêtait pas de se répéter qu'il ne fuyait pas, mais n'était-ce pas un mensonge ? N'essayait-il pas de s'échapper avant de trop s'attacher ? Avant de se retrouver coincé ici ? S'échapper… Parce que c'était plus facile qu'affronter tout ce qu'il avait laissé derrière lui en prenant la route à dix-sept ans, toutes ces peurs qui s'étaient réveillées depuis sa rencontre avec Abby.

— Je suis trop vieux pour m'enfuir, dit-il, sans savoir s'il s'adressait à Della ou à lui-même.

Della acquiesça et se leva.

— Bien ! Je suis contente que l'on soit d'accord là-dessus. Du coup, je te réserve la chambre pour une semaine de plus ? Le temps que tu trouves un endroit où t'installer ?

Dylan sursauta.

— Oh ! Attends ! Je ne compte pas m'installer à Stone Gap. Un boulot m'attend dans le Maine.

— Et une famille a besoin de toi, ici, répliqua Della en rangeant ses livres de cuisine sur l'une des étagères. S'il y a bien une chose que j'ai apprise en élevant trois fils et en accueillant un beau-fils sous mon toit, ainsi qu'une tripotée de brus, c'est que la famille est la chose la plus importante au monde. On peut toujours trouver un nouveau travail ou une nouvelle maison. Mais une nouvelle famille ? Non. Ça ne se déniche pas dans les petites annonces.

— J'ai pris un engagement pour ce chantier dans le Maine, Della. Je ne peux pas revenir sur ma parole.

— Très bien. Ne m'en veux pas d'essayer de te retenir dans la région, et ne crois pas que ça a été notre dernière conversation sur le sujet. Tu as toujours été comme un fils supplémentaire pour moi…

Della posa avec douceur la main sur son épaule.

— Bonne nuit, Dylan. Mavis a prévu des gaufres pour le petit déjeuner de demain, elle sait que tu aimes ça.

— Merci, Della.

Il attendit d'avoir entendu la porte d'entrée se refermer derrière elle puis chipa un autre cookie et monta dans sa chambre. Seulement, ce dernier biscuit ne fut pas aussi bon que les précédents. Et le sommeil fut long à venir.

8

Abby fut plus ou moins distraite pendant toute la journée. Deux fois même, elle s'était surprise en train de rêvasser pendant une réunion avec un client. Elle ne cessait de penser au rendez-vous qui l'attendait, ce soir. Un rendez-vous avec Dylan. Un homme qui n'était absolument pas fait pour elle, vérité qu'elle oubliait apparemment dès qu'elle posait les yeux sur lui.

Elle quitta son bureau avec quelques minutes d'avance et fila récupérer ses fils au centre communautaire. Quand elle entra, Jake bondit, abandonnant son dessin inachevé sur la table. Il se jeta dans ses jambes et lui fit un gros câlin. Elle le souleva pour le caler sur sa hanche – il commençait d'ailleurs à être beaucoup trop lourd pour ce genre de choses ! – et lui demanda comment s'était passée sa journée.

Cody, lui, était affalé sur l'un des canapés avec d'autres garçons de son âge et ne lui jeta qu'un rapide coup d'œil sans daigner se lever.

Dylan était assis dans le fauteuil, au centre du groupe, et il parlait du dernier *Star Wars*. Il leva un instant les yeux et la vit. Sans s'interrompre, il lui adressa un petit sourire discret. Un frisson descendit le long de son dos, et ses joues s'embrasèrent.

Dylan s'excusa et s'éloigna du groupe un instant.

— Salut, dit-il quand il arriva à sa hauteur. Tu es en avance.

— Je voulais emmener les garçons chez Ty un peu plus tôt que prévu pour avoir le temps de me changer.

La simple idée de se débarrasser de son tailleur fit naître devant ses yeux l'image de Dylan et elle dans une chambre. Il déboutonnerait son chemisier et…

Elle s'éclaircit la voix.

— Tu es sûr que ça ne dérange pas ton oncle de faire du baby-sitting ?

— Oui. Je lui en ai parlé, tout à l'heure. Je pense que notre petite journée au lac lui a vraiment remonté le moral. La présence des garçons lui fait du bien.

— Tant mieux.

Elle fit passer Jake sur son autre hanche, bien consciente qu'il ne perdait pas une miette de leur conversation d'adultes.

— Bien, je… Je vais y aller. On se retrouve à 18 h 30 ?

— Compte sur moi.

Il lui sourit, et une vague de chaleur l'inonda.

Oh ! ce n'était pas bon… Pas bon du tout.

Mais cela ne l'empêcha pas de chantonner en sortant du centre communautaire avec ses fils. Elle se rendit chez Ty, plus obnubilée par Dylan que par le bavardage incessant de Jake qui glissait « On peut avoir un chien ? » entre chaque phrase.

Ty sortit sous le porche dès qu'elle se gara. Il était encore trop maigre et trop pâle, mais son pas était déjà un peu plus vif.

— Comment vas-tu, Abby ?

— Très bien. Je t'amène deux trublions pour te tenir compagnie.

Jake la dévisagea gravement.

— Je suis pas un trublion !

Abby éclata de rire.

— Je sais, Jakester. Je plaisantais.

— En tout cas, ce sont mes trublions préférés ! s'exclama Ty en souriant. J'ai loué un film et commandé une pizza, les garçons. Ça vous paraît bien ?

Cody hocha la tête.

— Ouais.

Abby s'était attendue à entendre son aîné se plaindre et demander à aller passer la soirée chez un copain. Étonnamment, il semblait satisfait à l'idée de rester ici avec son petit frère.

— Tout va bien, les garçons ? demanda Abby. Je dois y aller.

Jake acquiesça puis se mit à sautiller de plaisir quand il vit le DVD que Ty tenait à la main.

— Je vais aider Ty à mettre le film ! cria-t-il. C'est une histoire de dinosaures !

— Quelqu'un m'a dit que c'était ton sujet préféré, dit Ty avant de se tourner vers Abby. Apparemment, mon neveu a été impressionné par tout ce que Jake pouvait lui apprendre sur les T-Rex.

Donc, Dylan s'en était souvenu et avait pensé le dire à son oncle pour s'assurer que Jake passerait une bonne soirée avec lui… À chaque fois qu'elle pensait avoir découvert toutes les facettes du caractère de Dylan, il trouvait un nouveau moyen de la surprendre. En l'embrassant, par exemple… Le souvenir de leur baiser l'avait tant bouleversée qu'elle n'avait pas réussi à fermer l'œil de toute la nuit.

Elle serra Jake dans ses bras, l'embrassa, avant de le laisser entrer avec Ty dans la maison. Puis elle ouvrit sa portière.

— Maman, attends ! l'interpella Cody en ouvrant la fermeture Éclair de son sac à dos. Tu veux bien… euh… signer mon bulletin ?

L'année précédente, Cody avait failli redoubler. Après de multiples rendez-vous avec ses professeurs, il avait été décidé qu'un bulletin de notes hebdomadaire serait rédigé et devrait être signé par Abby pour qu'elle puisse surveiller ses progrès de près. Elle avait demandé à poursuivre cette habitude cette année, afin de ne pas être obligée d'envoyer une fois de plus Cody en cours de rattrapage pendant l'été.

Elle prit le bulletin, s'attendant à y lire le même genre de remarques que d'habitude : beaucoup de D et de F, ainsi que des « Peut mieux faire », « Devrait participer plus activement », « Rend ses devoirs en retard », « Attitude très négative ». Depuis un an, au moins, Cody n'avait eu aucune note dans les trois premières lettres de l'alphabet.

Elle parcourut rapidement la feuille rose. Une fois. Deux fois. Son cœur se mit à battre plus fort. Quatre D, pas de F et même un C en maths. Dans la section des commentaires, les professeurs avaient noté « Meilleure attitude », et Cody avait rendu tous ses devoirs dans les temps. Abby regarda son fils, stupéfaite.

— Tu as réussi ton devoir de maths ? lui demanda-t-elle.

Cody haussa les épaules.

— Dylan m'a un peu aidé. J'ai enfin compris le théorème de Pythagore. En fait, ce n'est pas si difficile, il suffit d'y penser comme si on devait construire une maison.

Abby n'en revenait pas. Était-elle toujours en face du même garçon, celui à qui elle répétait sans cesse de rapporter ses livres de cours à la maison pour réviser ? Celui qui avait prétendu vouloir laisser tomber le lycée ? Celui qui lui avait soutenu que les maths ne servaient à rien ?

— C'est… C'est super, Cody. Bravo ! Je suis vraiment fière de toi !

Cody baissa les yeux et se dandina d'un air gêné.

— Ouais… Comme je te l'ai dit, ce n'est pas si difficile.

Elle serra son fils dans ses bras avant qu'il puisse s'échapper. Cody ne bougea pas, d'abord raide et crispé, avant de se laisser un peu aller.

— C'est très important pour moi, tu sais, murmura-t-elle. Et je suis très, très fière, crois-moi.

Cody se dégagea précautionneusement et recula d'un pas.
— Bon. J'y vais.

Sur ce, il disparut dans la maison, et Abby dut ravaler des larmes de bonheur avant de remonter dans sa voiture.

Dylan était en train de transformer la vie de son fils aîné. Il remettait son ado perdu sur de bons rails. Et il apportait un rayon de lumière dans sa vie de mère.

Tout cela commençait à l'empêcher de bien se rappeler pourquoi elle devait garder ses distances.

Dylan n'avait jamais été connu pour son romantisme, loin de là. Ce genre de choses l'avait toujours rebuté et, par le passé, il s'était en général arrangé pour aller à l'essentiel avec ses conquêtes : un dîner dans un restaurant correct, et c'était tout. Mais ce soir, pour Abby, il voulait quelque chose de spécial. Il voulait qu'elle se sente unique.

Il avait débattu une bonne partie de l'après-midi. Devait-il prévoir une soirée impressionnante ou, au contraire, multiplier les petits gestes ? Ou alors tirer un trait sur tout ce qui pourrait paraître sentimental ? Puis il avait pensé à Abby, qui travaillait dur pour élever ses fils, et avait décidé qu'elle méritait un réel effort de sa part. Sans compter qu'il avait aussi envie de la faire sourire, de voir une étincelle s'allumer dans ses yeux…

À 18 h 29, il se retrouva donc devant chez elle, le front recouvert d'un voile de sueur et le col de sa chemise soudain trop serré. Il avait couru comme un fou après la fermeture du centre et avait réussi de justesse à arriver à l'heure. Cet après-midi, pas de musique dans le salon, pas de danse entraperçue par la fenêtre. Les garçons étaient déjà chez Ty. Il le savait car il était passé là-bas en coup de vent pour s'assurer que son oncle contrôlait la situation. Et il avait été surpris de le trouver plongé dans une partie de

Monopoly avec Cody tandis que Jake regardait un dessin animé sur les dinosaures.

Abby ouvrit soudain la porte, et il eut besoin de quelques secondes pour se rappeler comment respirer…

Elle était resplendissante, dans son jean bleu foncé qui embrassait ses courbes, son T-shirt au col en V à motifs azur et son gilet blanc cassé. Elle avait détaché ses cheveux, les laissant retomber en boucles souples sur ses épaules, et portait un rouge à lèvres couleur coquelicot qui rendait sa bouche plus sensuelle que jamais…

— Salut, dit-elle d'une petite voix un peu timide.

— Salut.

Ils étaient tellement gênés que l'on aurait pu croire qu'ils se connaissaient à peine.

— Jolie tenue, remarqua Abby avec un sourire.

— Je voulais t'impressionner, répondit-il en tournant sur lui-même. Ça marche ?

— Eh bien, pour être honnête, même si tu es charmant comme ça…

Ce simple mot de « charmant » suffit à justifier tous ses efforts.

— … Je ne suis pas impressionnée par ce que quelqu'un porte.

Elle attrapa son sac et ferma la porte derrière elle.

— Ce sont les actions qui comptent à mes yeux, conclut-elle.

C'était une bonne manière de voir les choses, songea-t-il. Il avait toujours engagé ses ouvriers au regard de leurs compétences, et non sur la couleur de leurs cheveux, leur nombre de piercings ou leurs tatouages. Mais, en entendant Abby dire cela, il se demanda pendant un instant si ses actions suffisaient à la séduire… Parce qu'il commençait sérieusement à avoir des sentiments pour elle.

— Dans ce cas, comment je m'en sors, jusqu'à présent ? demanda-t-il.

Le petit sourire timide revint illuminer le visage d'Abby.

— Pas trop mal, Dylan. Pas mal du tout, même.

Bon sang ! Quand il la voyait comme ça, il était saisi d'une envie folle de l'emmener dans un lit pour lui faire l'amour. Il s'éclaircit la voix tant bien que mal.

— Tu es prête ?

Elle verrouilla sa porte puis se tourna vers lui et manqua de lui rentrer dedans. Un petit cri lui échappa. Ses grands yeux paraissaient plus lumineux que jamais dans la pénombre du porche.

— Est-ce que je… suis bien habillée ? Tu m'as dit de porter une tenue confortable.

— Tu es parfaite, Abby. Absolument parfaite.

Sa réponse flotta un instant dans l'air chaud et lourd qui les enveloppait. Il aurait voulu en dire plus, mais il avait peur de s'étrangler ou bien de lui faire soudain des promesses qu'il ne pourrait jamais tenir.

Abby rougit. Elle le contempla encore un moment avant de se détourner.

— Nous devrions peut-être y aller, dit-elle. Je ne veux pas laisser trop longtemps les garçons chez Ty.

Dylan la conduisit jusqu'à sa jeep, ouvrit la portière pour elle avant de s'installer derrière le volant. Il avait lavé sa voiture le matin même, frottant toutes les surfaces dedans et dehors jusqu'à rendre au cuir et au pare-brise l'éclat du neuf.

Tout en roulant, ils échangèrent quelques banalités au sujet du centre communautaire, du beau temps qu'ils avaient eu depuis le début de la semaine et du dernier dinosaure de Jake.

— Tu as grandi ici, alors ? demanda Abby.

— Oui.

— Et tu aimais Stone Gap, quand tu étais enfant ?

Dylan réfléchit un instant avant de répondre :

— Au début, oui. Je pense. J'aimais bien la ville, mon

école, mes amis. Mon frère. Je n'ai commencé à changer qu'en arrivant au lycée.

Elle se tourna sur son siège pour mieux le regarder.

— Que s'est-il passé ? Je ne veux pas me montrer indiscrète, tu sais. J'essaie juste de… comprendre mon fils.

— Parce que tu retrouves un peu de Cody en moi ?

— Dans l'ado que tu devais être, en tout cas.

L'ado qu'il avait été. Avait-il donc tant changé ? Il songea à ce que Della lui avait dit. Essayait-il vraiment de s'enfuir une fois de plus ? Ou bien s'apprêtait-il juste à saisir une nouvelle opportunité pour avancer dans sa vie ?

Il aimait penser qu'il avait grandi, mûri, évolué. Seulement il avait plus de trente ans et n'avait pas encore posé ses valises où que ce soit. Il n'avait même pas eu de relation capable de passer le cap des premiers mois. Il n'était jamais tombé amoureux, ne s'était jamais vraiment lié à qui que ce soit. Toute sa vie était de l'ordre du temporaire. Pendant des années, il avait aimé cela mais à présent, en mettant des mots sur la réalité, son existence lui paraissait juste… triste.

— Le changement est venu petit à petit, expliqua-t-il. Pendant longtemps, j'ai été très proche de Sam, et la vie était belle, grâce à lui. On allait pêcher, on construisait des cabanes dans les bois, on restait debout la moitié de la nuit pour regarder des films et manger des burgers. Puis mon frère a grandi, il a eu une voiture et s'est fait sa propre vie. Mon père n'a jamais été très présent, surtout pour moi. Il regrettait d'avoir eu un deuxième enfant parce que ça l'obligeait à travailler plus, tu vois ? À ses yeux, Sam ne pouvait jamais mal faire et, après son départ de la maison, mon père a déversé toute son amertume sur moi. Alors, au lieu de faire des efforts pour me hisser à la hauteur de ses exigences, je me suis rebellé. J'ai quitté l'école, j'ai eu des soucis avec la police, ce genre de choses.

— Un rebelle sans cause à défendre, en quelque sorte ?

Il se mit à rire.

— Oui, quelque chose comme ça. Pour faire court, j'ai passé plus de temps dans les bureaux du commissariat que je ne l'aurais dû. J'avais l'impression que la vie à Stone Gap était pétrie de règles et d'interdictions. Je voulais fuir tout ça.

— Et fuir ton père, ajouta-t-elle dans un murmure.

Il n'avait jamais envisagé les choses en ces termes. Quand il avait quitté la maison, il avait prétendu que c'était pour ne plus être brimé par des consignes, pour que l'on cesse de le réprimander ou de lui dire quoi faire. S'en aller de Stone Gap avait été une opportunité de saisir enfin sa liberté, à ses yeux. Il avait voulu fuir les jugements, les voisins qui l'évitaient parce qu'ils le prenaient pour un délinquant. Son frère qui l'avait rejeté.

Mais jamais il n'avait pensé que son père avait pu être le problème principal.

— Je comprends bien, reprit Abby. Quand j'étais jeune, j'avais tellement hâte d'échapper à mes parents que j'ai épousé le premier homme qui s'est présenté. Parfois, je suis tentée de dire que c'était la pire erreur de ma vie, mais cela m'a permis d'avoir deux fils extraordinaires donc… j'imagine que mon mariage a eu des avantages.

— Rien n'est tout blanc ou tout noir, dans la vie.

Il soupira et faillit éclater de rire.

— Écoute-moi, on dirait le message d'un gâteau chinois !

S'il commençait à penser comme ça, c'était à cause d'Abby et de ses fils. Leur présence le poussait à remettre tous ses choix en question. Ils l'incitaient à se demander ce à quoi sa vie aurait pu ressembler, s'il avait suivi la même route que Sam. Serait-il marié à une femme comme Abby ? Aurait-il élevé deux enfants avec elle ? Une petite fille aussi, peut-être ?

Non, tout cela n'était que spéculation. Sa vie était telle qu'il l'avait façonnée, et il l'aimait ainsi. Il ne manquait de rien. Et, de toute manière, il n'était pas comme Sam ; il n'était pas taillé pour la vie de famille.

Mais, alors qu'il jetait un coup d'œil à la belle femme assise près de lui, une partie de son esprit se demanda s'il n'avait pas été aveugle, pendant toutes ces années…

Ils traversèrent la ville, et il s'engagea sur une petite route de terre qui conduisait aux berges du lac de Stone Gap, loin des cabanes de pêche et de la jetée où était amarré le bateau de Ty. Il continua un moment, longeant la rive ouest. La jeep était un peu secouée par les bosses et les creux, à tel point qu'Abby bascula contre lui une ou deux fois. Il ne s'en plaignit pas.

Au bout de la route s'élevaient quatre petites cahutes isolées. Sur la droite, un cercle de bûches entourait les restes d'un feu de camp bordé de grosses pierres. Les autres bâtiments à proximité étaient en ruines, mais ces quatre cabanes tenaient encore bon. Étaient-elles plus récentes ? Construites avec des matériaux de meilleure qualité ? Quelle que soit la raison de leur longévité, Dylan était heureux de les retrouver intactes. Il aimait bien savoir que certaines choses seraient toujours là pour lui, à Stone Gap. Cet endroit était l'une de ces choses.

— Où sommes-nous ? demanda Abby.

— C'est un ancien camping. Je venais ici avec mon oncle et des copains, pendant l'été. Chaque année, Ty organisait cette sortie de groupe pour certains gosses du centre. Hélas, le camping a fermé il y a dix ans, à la mort du propriétaire.

Il avait tant de bons souvenirs de cet endroit…

La première fois qu'il était venu au Camp d'Été des Petites Loutres, il n'avait que cinq ans et Sam dix. Les deux frères avaient partagé une cabane, restant réveillés tard dans la nuit pour discuter ou jouer aux cartes. Les années qui avaient suivi avaient été remplies de baignades, de promenades en bateau, de pêche et de liens que le Dylan d'autrefois avait crus éternels.

Mais, tout comme le camping s'était peu à peu délabré,

sa relation avec Sam avait fini par tourner au vinaigre. « J'abandonne, lui avait dit son frère après l'avoir sorti du commissariat pour la dernière fois. Tu ne comprendras jamais. »

Dylan n'était plus ce gamin rebelle. Il avait fini par reprendre sa vie en main. Il avait cessé de casser des boîtes aux lettres et de taguer les bâtiments. Cette nuit passée en garde à vue avait été la piqûre de rappel dont il avait eu besoin. Mais le problème, c'était que Sam n'avait pas vu le changement en lui. Il ne le verrait sans doute jamais. Et tant qu'il considérerait son petit frère comme le raté de la famille, leur relation n'aurait aucune chance de s'améliorer…

— J'imagine que ce camping était un petit bout de paradis, murmura Abby. Quelle vue !

— Oui, c'était extra. Ça reste un de mes coins préférés de Stone Gap.

Il coupa le moteur et descendit de la jeep.

Il récupéra la couverture empruntée à Della pour l'étaler dans l'herbe, sortit ensuite une glacière du coffre et disposa deux verres à pied, une bouteille de vin blanc frais et un bouquet de fleurs sauvages. C'était simple et rustique. Pourvu qu'Abby apprécie…

— Waouh, c'est vraiment mignon, Dylan, dit-elle avec un grand sourire. J'adore !

Ce compliment lui fit chaud au cœur. Il se rendit soudain compte qu'il avait retenu son souffle en guettant sa réaction. Cela aurait dû agiter de petits drapeaux rouges devant ses yeux mais, en cet instant, avec cette femme, la première qu'il amenait ici, il s'en moquait.

— Merci. Je… Je ne savais pas ce que tu préférais, alors j'ai apporté plusieurs choses pour le repas.

Il s'agenouilla sur la couverture, tira des allumettes de sa poche et alluma deux bougies qu'il avait placées dans des pots en verre pour les protéger du vent. Les petites flammes dansèrent et envoyèrent des reflets dorés sur le tissu bleu.

— Voilà ! On a l'éclairage d'ambiance.
— Parfait.
Abby s'assit et s'appuya sur ses coudes, le visage levé.
— Cet endroit est si beau, si paisible, murmura-t-elle.
Dylan s'installa plus confortablement à son tour.
— J'adorais cette heure de la journée quand je venais camper ici, dit-il. Je sortais de ma cabane pendant le repas et je dînais devant le lac. La plupart des pêcheurs étaient rentrés, et les baigneurs étaient sortis de l'eau. J'étais seul avec les huards et les poissons qui sautaient pour attraper des moustiques. J'aimais ce calme. Je l'aime encore aujourd'hui.
— Tu trouves souvent ce genre de paix, là où tu vis ?
— Oui. Quand je ne travaille pas, je continue à camper dans les bois ou à pêcher. J'ai toujours eu un faible pour le grand air.
— Moi aussi. Hélas, je passe beaucoup trop de temps enfermée. Quand j'étais petite, mon grand-père m'emmenait à la pêche. Mon père n'a jamais été doué pour ce genre de choses, et ma sœur non plus. Mon grand-père et moi étions toujours seuls.
Elle sourit et poursuivit :
— À chaque fois que je retournais dans le Connecticut, je m'arrangeais pour passer au moins une demi-journée sur son bateau, avec lui. Hélas, il est mort il y a cinq ans. Je n'avais plus pêché depuis, avant notre sortie de l'autre jour. J'ai été ravie de pouvoir partager ce plaisir avec les garçons.
— Tu as grandi dans le Connecticut ?
Il avait du mal à l'imaginer dans une région aussi huppée. Abby ressemblait plus à…
À Stone Gap. Pour les bons côtés de la ville, en tout cas. Les choses qu'il avait aimées ici.
Jamais encore il n'avait rencontré de femme comme elle. Il était sorti avec des femmes très différentes au fil des ans, mais aucune d'elle n'avait eu autant d'aplomb et

de calme mêlés à une sensualité naturelle irrésistible. Elle l'attirait plus que toutes celles qu'il avait connues avant…

— En fait, je suis née dans une petite ville qui ressemblait beaucoup à celle-ci, répondit-elle. Je me suis installée à Stone Gap après mon divorce. Je tenais à ce que mes fils grandissent dans un endroit de ce genre. Quand j'ai trouvé un boulot dans cette agence de marketing, j'ai commencé à chercher des maisons dans la région et je suis tombée amoureuse de Stone Gap. Je n'ai pas bougé depuis.

Dylan réprima un haussement d'épaules. Il n'avait jamais compris que l'on puisse tomber amoureux d'une ville somnolente perdue au milieu de la Caroline du Nord !

— Tout ce dont je rêvais, quand j'étais jeune, c'était de partir d'ici, dit-il. J'avoue que je ne vois pas pourquoi on pourrait avoir envie de rester.

— Pourquoi ? Stone Gap est un endroit formidable. Avec ton métier, tu trouverais du travail n'importe où et tu as de la famille, ici.

— Mon oncle est la seule personne dont je sois proche. Mes parents sont partis en Arizona il y a quelques années, et je vais rarement les voir. Il ne reste que Sam et ses enfants.

— Pourquoi tu n'essaierais pas de te réconcilier avec ton frère ? Je l'ai rencontré, et il a l'air vraiment sympathique.

— Mon frère me voit toujours comme l'ado stupide qui a abandonné le lycée à dix-sept ans pour partir sur les routes.

L'adolescent qui avait tourné le dos à sa famille et qui n'avait jamais regardé en arrière. L'adulte qui n'avait pas été là quand Sam avait perdu sa femme ou quand tante Virginia était morte. L'homme qui avait laissé tomber les siens un nombre incalculable de fois.

S'il pouvait revenir sur ses pas et réparer le tort qu'il avait fait, il n'hésiterait pas. Seulement la vie ne fonctionnait pas comme ça.

— C'est… triste, murmura Abby. Je ne m'entends pas toujours bien avec ma sœur, mais je suis heureuse de savoir qu'elle fait partie de ma vie. On se parle une ou deux fois par mois. On s'échange des informations, comme la recette de tarte aux pommes de ma mère ou les nouvelles de notre oncle Sal. Il n'y a qu'avec la famille que tu peux faire ce genre de choses.

Dylan préféra ne pas répondre et ouvrit la glacière. Il n'aimait pas parler de famille. Ce genre de conversations le poussait toujours à remettre tous ses choix en question. Peut-être que si les choses avaient été différentes… Non. Elles ne l'avaient pas été. Inutile de perdre son temps à regretter.

— Bon ! J'ai apporté du poulet rôti, une salade et ce plat de pâtes qui avait l'air pas mal au supermarché.

Abby éclata de rire.

— Si ce n'est pas un changement de sujet clair !

— Ouais.

Il ouvrit la boîte du poulet.

— Tu en veux ?

— Commençons par un verre de vin.

— Bonne idée.

Il lança la *playlist* qu'il avait préparée sur son téléphone, et un vieil air de Sinatra s'éleva. La musique calma bien vite la tension qui l'étouffait et lui permit de profiter enfin de l'instant, de la beauté de cette femme, assise près de lui.

Il remplit deux verres et en tendit un à Abby.

— Aux soirées inoubliables, dit-il en levant son verre.

— Du jazz ? Du vin ? Un toast ? Vous me surprenez, Dylan Millwright !

— Tant mieux ! C'était le but.

D'autres hommes que lui auraient sans doute réussi à organiser une soirée bien plus romantique et mémorable, mais quand Abby se nicha contre son épaule, Dylan comprit qu'il avait touché juste.

Ils sirotèrent leur vin, admirant le monde qui s'assombrissait lentement, tandis que Sinatra leur offrait une sérénade en fond.

Passer du temps avec Abby était une expérience tellement douce. Sans pression. Sans angoisse. Dylan aimait être avec elle, la savoir tout près de lui. Elle était le genre de femme avec qui il ne se sentait pas obligé de parler en permanence. Le silence qui s'élevait entre eux était… paisible. C'était bien la première fois qu'il se sentait aussi bien pendant un rendez-vous. Paradoxalement, il était aussi de plus en plus conscient de sa présence, de son parfum, de la proximité de son corps qui le réchauffait.

— C'est agréable, dit-elle avec un long soupir de bonheur. Vraiment agréable. Je ne suis pas sûre d'avoir déjà pris le temps de… profiter d'une soirée, comme ça.

— Moi non plus. La plupart du temps, je suis trop fatigué, le soir, pour faire quoi que ce soit. Je mange et je me couche, c'est tout. Les chantiers sur lesquels je travaille me prennent tout mon temps, et j'ai peu de week-ends libres.

Il ne tenait pas non plus à prendre des jours de congé. Le travail lui évitait de trop réfléchir, de songer à tous ses choix de vie ou de se remettre en question. Jusqu'à sa rencontre avec Abby, il n'avait pas vraiment eu envie de passer beaucoup de temps avec une femme. Mais elle… Il l'avait vue chaque jour depuis son arrivée à Stone Gap, et cela ne lui suffisait même pas.

Elle se redressa un peu. Ses yeux reflétaient l'éclat de la lune.

— Tu es un homme bien. Tu le sais ?

Cette remarque le prit par surprise. Oncle Ty n'avait-il pas dit exactement la même chose, quelques jours plus tôt ? Dylan eut la désagréable impression de ne pas être à la hauteur du compliment, comme s'il essayait d'endosser un costume trop grand pour lui.

— Qu'est-ce qui te fait dire ça ? lui demanda-t-il.

— La manière dont tu as volé au secours de ton oncle,

celle dont tu gères le groupe des ados. Ton arrivée a changé la vie de mes fils.

Il secoua la tête. Non. Elle se trompait sur son compte.

— Je ne fais pas grand-chose, Abby.

— Tu en fais plus que tu le crois, en tout cas. Les notes de Cody en maths montent en flèche.

Elle prit la main de Dylan dans les siennes et le dévisagea gravement.

— Cela faisait un an qu'il n'avait pas eu mieux qu'un D sur son carnet de notes. Cette semaine, il a décroché un C en maths. Il a fait tous ses devoirs et il m'a dit qu'il avait enfin compris le théorème de Pythagore grâce à toi.

Dylan n'avait pas été certain que Cody soit attentif, quand il lui avait parlé. Ils avaient abordé le théorème en travaillant sur la rénovation du centre.

— Vraiment, ce n'était pas si important, dit-il. J'ai juste posé le problème en des termes qu'il comprenait. Il aime beaucoup travailler de ses mains et bricoler, alors quand je lui ai expliqué la chose en m'appuyant sur ce que l'on faisait, il a compris.

— Non, il n'y a pas que ça, Dylan. Depuis quelque temps, mes fils étaient… perdus. Je fais de mon mieux, mais je suis leur mère, pas leur père. Je pense qu'il est essentiel pour eux d'avoir un exemple masculin sur lequel s'appuyer. C'est pour ça que j'ai commencé à les emmener au centre. Malheureusement, Ty s'en est éloigné peu à peu, après la mort de Virginia. Je n'ai vu de vraies transformations qu'après ton arrivée, surtout chez Cody.

Ses yeux s'emplirent soudain de larmes.

— J'avais l'impression de le perdre. Et, maintenant, il revient vers moi…, murmura-t-elle.

Dylan aurait voulu lui dire qu'il ne méritait pas la confiance qu'elle plaçait en lui, qu'il n'était pas aussi parfait qu'elle avait l'air de le croire. Un exemple masculin ? Il était bien le dernier homme au monde à pouvoir prétendre à un tel titre !

— Je te l'ai déjà dit, tu es une mère formidable. C'est ce qui compte. Cela importe plus que des après-midi de pêche et quelques minutes passées à parler de mathématiques en réparant un mur.

Elle se redressa un peu plus et se campa face à lui.

— Dylan, tu as changé beaucoup de choses pour nous, et je ne sais pas comment te remercier pour tout ça. Alors… Merci.

— De rien.

Ces deux mots lui parurent déplacés. Il n'était pas digne de tant de gratitude. D'un autre côté, comment protester quand le visage d'Abby s'illuminait à ce point ? La voir heureuse lui faisait tant de bien. Et tout ça, parce qu'il avait aidé Cody à calculer le carré de l'hypoténuse !

— Je… C'est juste que je t'apprécie beaucoup, Abby, et passer du temps avec tes fils me semble si naturel.

— Tu m'apprécies beaucoup ?

Il sourit. C'était bien plus facile à dire que « Tu hantes chacune de mes pensées, et je ne sais pas comment gérer ça… »

— Tu crois vraiment que je sors Sinatra pour toutes les femmes que je rencontre ? répliqua-t-il, moqueur.

Elle eut un sourire mutin, enfantin.

— Je ne peux pas savoir. C'est le cas ? Après tout, qu'est-ce qui me prouve que ce camping n'est pas ton nid d'amour secret ?

Le cœur battant, Dylan prit son visage entre ses mains et lui caressa la joue.

— Oh non, ce n'est pas du tout le cas. Cet endroit est sans doute celui que je préfère, à Stone Gap, et je n'y avais encore jamais amené une femme.

— Pourquoi moi, alors ?

— Parce que je voulais te donner quelque chose de…

spécial. Parce que je… Je suis en train de tomber amoureux de toi, Abby Cooper.

Il tressaillit. Avait-il vraiment dit cela tout haut ? Son aveu flotta un instant entre eux. Il n'aurait jamais dû prononcer ces mots, ou chercher à aller plus loin avec elle. Il repartait la semaine suivante, bon sang ! Mais à chaque fois qu'il se plongeait dans ses yeux ou sentait sa main sur la sienne, toutes ses pensées rationnelles s'évanouissaient.

— Moi aussi, je suis en train de tomber amoureuse de toi, Dylan.

Son cœur bondit dans sa poitrine. Pendant quelques secondes, il n'y eut plus de délais à tenir, plus de projets dans le Maine. La seule personne qui comptait était Abby. Il aurait bien le temps de s'inquiéter du reste le lendemain.

Il l'attira contre lui jusqu'à ce que leurs bouches ne soient plus qu'à quelques centimètres l'une de l'autre.

— La situation pourrait déraper, la prévint-il.

— J'espère bien…

Elle sourit de nouveau.

Il n'eut pas besoin de plus.

Il l'embrassa.

Ce n'était plus le baiser tendre et timide de la dernière fois, mais un élan fougueux, fiévreux, insatiable. Le désir qu'il avait contrôlé dès le début se libéra d'un seul coup.

Abby lui rendit son baiser, aussi passionnée que lui, laissant ses mains courir sur sa chemise, ses doigts s'accrochant aux boutons. Puis leurs corps se pressèrent un peu plus l'un contre l'autre… et plus rien n'aurait pu les arrêter.

Abby ouvrit sa chemise, bouton par bouton.

Il aurait voulu l'arracher, tant il était impatient, mais ce geste méthodique avait quelque chose d'émouvant et de sexy. Il se promit de porter ce genre de chemise plus souvent en sa présence. Beaucoup plus souvent.

Elle écarta les deux pans de tissu pour glisser une main dessous, tout contre son cœur.

— Mon Dieu, tu es… magnifique, murmura-t-elle. Si musclé.

— Manipule assez de Placoplatre, et tu auras des pectoraux comme les miens.

— Non, merci bien ! Je crois que je vais m'en tenir à mon ordinateur et à mes bras tout mous.

Elle s'installa à cheval sur ses cuisses.

— Caresser tes muscles me suffit largement, ajouta-t-elle.

Elle joignit le geste à la parole, et Dylan ne put retenir un petit gémissement. Les mains d'Abby étaient douces, chaudes. Partout où elles passaient, une flamme le dévorait.

— Dans ce cas, je pense que l'on devrait être sur un pied d'égalité, dit-il.

Il la débarrassa de son pull et de son T-shirt. Elle portait un soutien-gorge en dentelle rose. L'avait-elle choisi exprès, pour lui ? Il l'espérait un peu.

Du bout des doigts, il suivit le bord de la dentelle et sentit ses tétons se tendre sous sa paume. Oh…

— Tu es belle, Abby.

Elle rougit et, pour une raison qu'il n'était pas sûr de comprendre, son cœur s'emballa de plus belle. Cette femme ne savait pas à quel point elle pouvait être sexy, à quel point elle était séduisante. Il aimait tous ces petits instants de vulnérabilité… C'était si excitant.

Il s'assit un peu plus droit, avec Abby toujours à cheval sur lui, puis l'embrassa. Ses mains se perdirent dans la masse sombre de ses cheveux tandis qu'il lui caressait le dos. Il trouva enfin la fermeture de son soutien-gorge et la défit. Abby poussa un petit cri quand le sous-vêtement tomba, offrant ses seins nus à la fraîcheur du soir.

Dylan commençait à se sentir à l'étroit dans son pantalon. Son corps semblait le presser d'assouvir enfin ce désir qui brûlait en lui, mais il ne voulait pas gâcher l'instant. Il voulait savourer ce moment, cette femme si belle dans la clarté de la lune.

Il se pencha, déposant une série de baisers sur son épaule, sa gorge, ses seins. Quand il effleura un téton, il sentit Abby se cambrer contre lui.

Il pinça son téton entre ses lèvres, avec douceur d'abord, puis plus fermement. Jusqu'à l'entendre gémir.

— Mon Dieu, Dylan, murmura-t-elle. Comme ça… oui… Et… Oh oui !

Elle passa ses mains dans ses cheveux, l'attirant un peu plus à elle. Il se concentra sur son autre sein et l'entendit soupirer de plus belle. Il se redressa alors un peu et, prenant son visage entre ses mains, l'embrassa longuement. D'un mouvement souple, il la retourna et l'allongea sur la couverture.

La lune animait sa peau nue de reflets moirés. Il prit un instant pour admirer le spectacle qu'elle offrait. Soudain, il vit réapparaître ce sourire mutin qu'il aimait tant et oublia la lune, la lenteur qu'il s'imposait. Il déboutonna le jean d'Abby et le fit glisser le long de ses jambes, avant de se débarrasser du sien de la même manière.

— Est-ce qu'on va vraiment le faire ? demanda-t-elle dans un souffle.

— Tu en as envie ?

Elle acquiesça en se mordillant la lèvre.

— C'est juste que ça fait longtemps pour moi, et je… je manque sans doute d'entraînement.

— Dans ce cas, répondit-il en laissant courir un doigt le long de l'élastique de sa culotte en dentelle rose pâle, je suggère qu'on s'entraîne. Beaucoup.

— Excellente idée, monsieur Millwright !

Son rire fusa, un peu cassé, sensuel. Quand elle le serra contre elle, il perdit toute capacité à raisonner. Quelques instants plus tard, ils se retrouvèrent nus dans la nuit, oubliant leur repas, et Dylan fouillait dans son portefeuille à la recherche d'un préservatif.

Quand il la pénétra, elle gémit et se cambra de nouveau,

les ongles griffant son dos. Il avait l'étrange impression d'avoir enfin trouvé sa place, avec elle. C'était doux, délicieux… Parfait. Elle bougeait en même temps que lui, assoiffée et pressée. Elle cria, et sa voix se perdit dans les cris des oiseaux nocturnes.

Dylan accéléra le rythme, encouragé par les murmures étouffés d'Abby qui répétait son nom à son oreille. Un orgasme la saisit, et elle poussa un long soupir de bonheur. Il la rejoignit quelques instants plus tard, la gardant dans ses bras longtemps après l'explosion de son orgasme. Durant ces minutes, le monde lui apparut comme un paradis de paix. Toutes ses pensées se tournaient vers Abby. Son image emplissait chaque recoin de son cœur.

Il finit par rouler sur le côté, la serrant toujours contre lui.

Là, dans le silence, il comprit une chose. Il aimait Abby Cooper…

Quitter Stone Gap allait être bien plus difficile qu'il l'avait cru.

9

Le lendemain matin, Abby ouvrit les yeux bien avant d'entendre son réveil. Une nouvelle journée l'attendait, remplie de choses à faire, de repas à préparer et de garçons à conduire à l'école. Mais son esprit s'attardait encore sur les souvenirs de la veille. De son pique-nique avec Dylan. Ils avaient fait l'amour, deux fois, et jamais elle n'avait autant apprécié d'être avec un homme.

Il avait su être un amant tendre et attentionné, surtout la seconde fois. Pendant ces quelques instants sous la lune, elle s'était sentie spéciale, chérie et…

Amoureuse.

En dépit de toutes ses précautions, elle avait laissé le doux et gentil Dylan Millwright s'emparer de son cœur. L'homme qui n'aurait jamais dû faire irruption dans sa vie et qui finirait un jour par l'abandonner. Au fond d'elle, elle voyait bien, pourtant, à quel point il était devenu indispensable à cette ville, à son oncle, au centre communautaire et aux garçons. Cela suffirait-il à le convaincre de rester ?

Elle finit par se lever, enfila sa robe de chambre et descendit à la cuisine. La cafetière, programmée la veille, embaumait déjà la pièce. Elle se servit une tasse de café bien chaud, alluma son ordinateur et se mit au travail.

Elle commença par jeter un coup d'œil à sa demande de

subvention pour le centre communautaire puis se plongea dans la préparation d'une présentation qu'elle devait rendre le vendredi. Elle avait une heure de libre avant de devoir réveiller ses fils. Mieux valait travailler, plutôt que paresser au lit.

Parce que, au fond, rêver de Dylan ne l'aiderait pas à payer ses factures ou à nourrir ses fils. Elle ne devait compter que sur elle-même, comme toujours.

Oh non… Pourquoi n'arrivait-elle pas à chasser les souvenirs de sa soirée ? Elle était hantée par les caresses de Dylan, ses baisers, ce désir insatiable qui s'était emparé d'elle dans le vieux camping abandonné. Elle secoua vivement la tête et se reconcentra sur son travail. Il était temps de redevenir la Abby rationnelle qu'elle avait toujours été.

Elle répondit à une dizaine d'e-mails, prit quelques notes pour sa présentation et créa de nouveaux *slides* complémentaires sur PowerPoint. Trois tasses de café plus tard, Jake descendit en courant dans la cuisine.

— Bonjour, maman !

— Bonjour, Jakester.

Elle remplit une nouvelle fois son *mug* puis prépara un bol de céréales pour son fils.

— Tu t'es levé tout seul, et à l'heure. Bravo, mon grand.

Il s'était même habillé d'un T-shirt rayé et d'un vieux jean. Ses chaussettes n'étaient pas assorties, mais elle ne releva pas. Le simple fait qu'il ait pris l'initiative de se préparer pour l'école sans elle lui murmurait que son bébé commençait à grandir. En dépit de sa fierté maternelle, une pointe de regret se fit sentir.

Jake grimpa sur sa chaise et attendit qu'elle ajoute le lait à ses céréales.

— Je veux aider Dylan à construire de nouvelles choses, aujourd'hui, annonça-t-il.

— Ce n'est pas possible, mon chéri. Il y a école, tu sais. Cody et toi devez vite rassembler vos affaires.

Elle versa le lait puis sortit une cuillère du tiroir.

— On pourra aller au centre ce soir, si tu veux, suggéra-t-elle. Mavis sera là, et tu pourras faire un nouveau dessin.

— Non, je veux construire des choses ! Une maison pour mes dinosaures !

Il se mit à dévorer son petit déjeuner, ne s'interrompant que pour demander :

— Je pourrai, tu crois ? J'ai pas envie de faire un dessin.

Abby ne put s'empêcher de rire.

— Je parlerai à Dylan et je lui demanderai s'il a besoin d'aide, d'accord ? Pour l'instant, il faut que j'aille réveiller ton frère. Sinon, on sera en retard.

Elle se replongea un instant dans sa présentation avant de monter. Un dernier détail à finir, et…

— Cody ne va pas en cours, dit Jake entre deux cuillerées. Il est venu dans ma chambre et il me l'a dit. Il a dit qu'il avait autre chose à faire.

Abby sentit ses cheveux se dresser sur sa tête. Elle se figea.

— Autre chose ? répéta-t-elle.

— Oui. Je peux regarder *Bob l'Éponge* ?

Abby alluma machinalement la télévision, alors qu'elle l'interdisait d'habitude pendant les repas, juste pour occuper Jake pendant qu'elle montait à l'étage. Il était hors de question que Cody sèche encore les cours ! Il lui avait promis d'être sérieux. Il l'avait promis à Dylan. Ses notes s'amélioraient, ce n'était pas le moment de se relâcher. Peut-être que Jake avait mal compris…

Elle s'arrêta un instant devant la chambre de son aîné. La porte était fermée, comme toujours, affichant son autocollant « Entrée interdite » rouge vif. Elle frappa deux fois.

— Cody ? C'est l'heure de se lever.

Pas de réponse.

Elle frappa de nouveau, plus fort.

— Allez, Cody, debout ! Je te prépare des œufs, si tu

veux. Ou un burrito que tu pourras manger dans la voiture. Il faut y aller, sinon je vais être en retard au travail.

Toujours rien.

— Bienvenue dans le monde des ados et de leur sommeil de plomb, Abby…

Elle ouvrit la porte et passa la tête par l'entrebâillement. La chambre était plongée dans l'obscurité. On ne voyait que la lumière bleue du chargeur de l'ordinateur de Cody. Elle avança, inquiète.

— Cody ? Ce n'est pas le jour de faire une grasse mat…

Le lit était vide. Les couvertures avaient été repoussées et l'oreiller était par terre.

Ce fut alors qu'elle remarqua la fenêtre grande ouverte. Une brise froide faisait voleter les rideaux bleus. Dedans, dehors. Dedans, dehors. Elle se précipita à la fenêtre et scruta le jardin. Ici non plus, il n'y avait rien, à part l'empreinte de deux pieds dans l'herbe humide et la trace d'un chemin qui contournait la maison.

Ça ne pouvait pas être Cody ! Il était forcément quelque part ! Jamais encore il n'avait fugué. Et les choses allaient si bien, ces derniers temps… Pourquoi aurait-il fait ça maintenant ?

Elle courut dans la salle de bains que les garçons partageaient. Vide. Elle fouilla la chambre de Jake, sa propre salle de bains, sa chambre, le salon. Pas de Cody. Elle jeta un nouveau coup d'œil dehors. Le vélo de son fils n'était plus à la place habituelle, appuyé contre le cabanon.

La gorge nouée, envahie par un flot de panique, elle redescendit jusqu'à la cuisine. Jake était toujours à table, concentré sur ses céréales tandis que Bob l'Éponge faisait cuire des pâtés de crabe.

— Jake ? lança-t-elle. Qu'est-ce que Cody t'a dit, ce matin ? Au mot près.

Le petit garçon haussa les épaules, obnubilé par la dispute entre Bob et M. Krabs.

— Je sais pas. Il a dit au revoir.

Au revoir ? Cela pouvait signifier n'importe quoi ! Cody avait très bien pu partir en avance au lycée, ou passer chez un copain, songea-t-elle.

Sauf qu'elle n'avait pas reçu de texto. Il n'y avait pas de petit mot sur la table. Bien sûr, quand Cody avait l'intention de sécher les cours, il ne la prévenait pas. Sa disparition cachait sans doute autre chose. Ce n'était pas normal, et Abby sentait son sixième sens de maman se réveiller dangereusement.

— Jake, est-ce qu'il t'a dit où il allait ?

À chaque mot, sa voix se faisait plus aiguë, plus angoissée. Certes, Cody ratait l'école. Certes, il rentrait parfois tard et se faufilait dehors pendant la nuit quand il était puni. Mais il n'était jamais parti seul à l'aube, sans laisser de message.

Jake leva les yeux et la contempla gravement.

— Maman ? Ça va pas ?

— Cody n'est pas dans sa chambre.

Prononcer cela à haute voix donna plus de réalité à sa disparition, et la panique monta de plus belle.

Calme-toi. Ne va pas inquiéter Jake. Ce n'est probablement rien.

— Il n'y a pas de problème, tu sais, reprit-elle. J'ai seulement besoin de savoir s'il t'a dit où il allait. Les mamans doivent toujours savoir où sont leurs enfants, non ? Alors, Jake, j'ai besoin que tu réfléchisses et que tu me répètes chacune de ses paroles.

Jake resta songeur un instant.

— Il a dit : « Bye bye, Jakester. Je pars. Il faut que j'aille voir papa. » C'est Dylan qui lui a dit de le faire.

Keith vivait en Géorgie, à deux États de Stone Gap !

Abby n'était même pas certaine que Cody ait son adresse, puisque son ex n'avait pas envoyé de lettre depuis sa carte de Noël de l'année précédente. Son fils n'avait pas d'argent, pas de moyen de transport à part son vélo ! Comment comptait-il arriver jusque chez son père ?

— Dépêche-toi, Jake. On doit y aller. Va mettre tes chaussures. On n'ira pas à l'école, aujourd'hui.

— Super ! On va voir Dylan ?

— Oh oui, répondit-elle entre ses dents. Tu peux compter là-dessus.

Dylan était arrivé au centre communautaire juste avant 6 heures. Il avait encore une montagne de choses à faire et il était plus pressé que jamais. Son patron l'avait appelé depuis le Maine, tard dans la nuit. Le chantier avait été avancé, et Jay voulait commencer plus tôt que prévu. Si Dylan ne pouvait pas revenir à temps, il allait être obligé d'embaucher quelqu'un d'autre à sa place. Ce qui voulait dire que, au lieu d'avoir une semaine pour finir les travaux, Dylan n'avait plus que deux jours devant lui.

On était mardi. Il devait se mettre en route jeudi, voir son patron dès son arrivée et être prêt à se mettre au boulot lundi, à la première heure.

Mais après la soirée qu'il avait passée avec Abby, il avait de moins en moins envie de partir… Il voulait profiter d'une semaine entière, de chaque minute qu'il pourrait passer avec elle. Bien sûr, leur relation ne survivrait sans doute pas à son installation dans le Maine, mais…

Il avait tout de même envie d'essayer. De trouver un moyen. Abby était forte, déterminée, belle, si différente de toutes les autres femmes qu'il avait connues. Son image s'attardait dans son esprit, teintant chacune de ses pensées, hantant chacun de ses gestes.

Il se mit donc au travail avec acharnement, parce que c'était la seule chose capable de l'empêcher de courir chez elle, juste pour voir son sourire, l'embrasser, peut-être même la prendre de nouveau dans ses bras. Vu le nombre de fois où ce désir revenait à la charge, il aurait sans doute rénové tout le bâtiment avant la fin de la journée !

Un peu plus tard, la porte d'entrée s'ouvrit et, même s'il savait qu'il était beaucoup trop tôt, qu'Abby était sans doute en train de déposer ses fils à l'école avant de partir au travail, une part de lui espéra la voir. Mais ce n'était qu'oncle Ty. Dylan fit de son mieux pour ne pas paraître déçu.

— Salut, oncle Ty.

Il posa son pinceau et alla serrer son oncle dans ses bras.

— Qu'est-ce que tu fais là, à cette heure-ci ?

Ty se dandina un instant, comme un enfant intimidé.

— Je suis venu te donner un coup de main. Si tu en as besoin, répondit-il.

Dylan ravala sa surprise et sourit.

— Oui, ce serait génial.

— Désolé d'avoir mis si longtemps avant de sortir la tête de l'eau, fiston.

Son oncle prit une profonde inspiration et ajouta :

— J'ai toujours pensé que la vie était comme un long voyage sur une route de campagne, tu vois ? On rencontre une bosse, on tombe, on se relève et on reprend les rênes. Seulement, à la mort de Virginia, je me suis retrouvé dans une impasse et je… je me suis senti perdu…

Ses yeux s'emplirent de larmes.

— Mais il faut avancer, même quand c'est dur, reprit-il. Comme tu l'as dit, ta tante n'aurait pas voulu que je passe ma vie dans mon salon, les rideaux tirés. Elle aurait voulu que je…

— Que tu ailles de l'avant.

Aller de l'avant avait toujours été la motivation de Dylan. C'était pour ça qu'il était passé de boulot en boulot depuis son départ de Stone Gap. Il se répétait qu'il allait de l'avant. Mais, étrangement, il avait de plus en plus souvent envie de rester et de poser ses valises, ces derniers temps…

Son oncle jeta un coup d'œil au centre. Il remarqua les

cloisons neuves, la fenêtre réparée, la porte que l'on avait rattachée sur ses gonds.

— Tu as bien travaillé, ici, Dylan. Et tu n'es là que depuis quelques jours.

— Merci, répondit-il, ému.

Oncle Ty avait été un véritable père d'adoption pour lui, plus présent que le vrai, et ses compliments lui faisaient toujours chaud au cœur.

Ty se frotta les mains énergiquement et reprit :

— Bon ! Assez bavardé. On commence par quoi ?

— En fait, il faut que j'aille au magasin de bricolage pour récupérer le plan de travail que j'ai commandé, expliqua Dylan avant d'indiquer le pot de peinture qu'il avait abandonné par terre. Si tu veux finir de repeindre le placard des jeux de société pendant ce temps, ce serait très bien.

— OK. Pas de problème.

— À mon retour, j'aurai encore une ou deux choses à terminer ici, puis je pensais jeter un coup d'œil au moteur de ta voiture, cet après-midi. Je pense qu'il a besoin d'une petite révision. Ensuite…

Il s'interrompit un instant. Mieux valait dire la vérité tout de suite, même s'il sentait l'excitation qui avait suivi le coup de téléphone de Jay s'évaporer lentement.

— Je vais devoir retourner dans le Maine plus tôt que prévu, dit-il. On a avancé le début du chantier sur lequel je dois travailler. Mon patron veut me charger de tout le projet, mais seulement si je peux le rejoindre dans quelques jours. Après, il sera trop tard.

— C'est super, répondit Ty avec un grand sourire. J'ai toujours su que tu serais un champion.

Dylan se mit à rire. Un champion ? Lui ? Il n'était pas certain que sa vie soit aussi réussie que son oncle semblait le croire. Bien sûr, il avait passé son bac par correspondance et avait travaillé dur pour obtenir sa licence de constructeur, mais ce n'était pas comme s'il avait trouvé un moyen de soigner le cancer.

— Personne n'a jamais pensé que je pourrais devenir un champion, marmonna-t-il.

— Peu importe ce que pensent les autres. Si tu es fier de toi, là, alors c'est tout ce qui compte. Tant que tu penses avoir réussi, ça suffit.

Dylan n'avait jamais vu les choses sous cet angle-là, jusqu'à présent. Était-il fier de ce qu'il était devenu ? De ce qu'il avait accompli depuis qu'il avait quitté cette ville ? De l'homme qu'il avait été, ces derniers jours ?

L'homme qui laisserait bien trop tôt Stone Gap disparaître dans son rétroviseur ?

Il préféra ne pas répondre à ces questions et indiqua le parking d'un signe de tête.

— Je dois aller chercher ce plan de travail.

Oncle Ty tira son portefeuille de la poche arrière de son jean.

— Je vais te donner de l'argent pour…

— Tu ne me dois rien, oncle Ty. Rien du tout, répondit Dylan en repoussant sa main. Tu as transformé ma vie quand j'étais ado, c'est largement suffisant pour moi.

— Tu vois, un champion. Juste là, répondit Ty avec un sourire en tapotant son cœur. C'est ce qui me rend fier de moi, Dylan. Je me moque de l'argent ou de la taille de ma maison. Ce qui me rend vraiment fier, c'est cet endroit et toutes les vies que j'ai pu transformer, l'une après l'autre. C'est pour ça que Virginia et moi avons consacré tant d'années à ce centre, et c'est pour ça que j'y reviens de nouveau. Quand on change la vie d'un jeune… Laisse-moi te dire que c'est la plus douce sensation au monde. C'est le genre de sensation qui te donne envie de rester et de continuer à travailler.

Dylan sourit, amusé.

— Qu'est-ce que tu essaies de me faire comprendre ?

— Eh bien, je ne rajeunis pas, fiston, et le centre aura bientôt besoin de quelqu'un d'énergique et d'enthousiaste pour continuer à tourner. Quelqu'un de plus jeune que moi, précisa Ty avec un clin d'œil. Si tu vois ce que je veux dire…

Dylan retint un éclat de rire. Lui ? Diriger le centre ? Il avait apprécié les quelques jours passés ici, cela ne faisait aucun doute, mais il ne se voyait pas comme un modèle digne d'influencer des adolescents à la dérive. Il n'était pas aussi stable que Ty et n'avait pas l'expérience professionnelle de Virginia…

— Personne ne pourrait te remplacer, oncle Ty.

— Si. Je ne vois qu'une seule personne capable d'y arriver, justement, répondit son oncle avec un nouveau sourire avant d'indiquer la porte d'un signe de tête. Va chercher ton plan de travail. Je tiens la boutique en attendant. Mais promets-moi de réfléchir à tout ça, d'accord ?

— Ouais.

Dylan sortit sur le parking et monta dans sa jeep. Si oncle Ty croyait tenir en lui son digne successeur, c'était qu'il avait perdu la tête. Depuis son arrivée, une semaine plus tôt, Dylan n'avait changé la vie de personne – au mieux, il avait permis à Cody d'obtenir une meilleure note en maths – et jamais il ne pourrait faire pour d'autres ce que son oncle avait fait pour lui.

Non, mieux valait qu'il prenne la route jeudi, comme prévu, et qu'il aille dans le Maine. De préférence, avant de se laisser tenter par une vie à laquelle il n'était pas destiné.

Abby essaya d'appeler Dylan, mais il ne répondit pas. Elle essaya le portable de Cody, lui laissant plusieurs messages. En vain. Paniquée, elle traversa la ville et se dirigea vers le centre communautaire, non sans guetter chaque coin de rue à la recherche de son fils ou de son vélo.

Rien. Cody n'avait tout de même pas pu aller bien loin !

Il n'avait quitté la maison que depuis… combien de temps ? Une heure, tout au plus. Elle n'avait aucun moyen d'en être certaine, et c'était bien ce qui la terrifiait : Cody pouvait se trouver n'importe où…

Peut-être qu'il était juste parti calmer ses nerfs quelque part. Pourtant, elle avait beau surveiller son téléphone, elle ne recevait toujours aucun message. Ni de Dylan ni de Cody.

— Maman ? On va où ?

Jake, installé sur la banquette arrière, jouait avec ses dinosaures, sans se rendre compte de l'angoisse de sa mère.

— Je me disais que l'on pourrait passer voir Dylan au centre, répondit-elle. Et puis, tu iras peut-être jouer chez Ty, plus tard dans la journée.

Elle fit de son mieux pour avoir l'air détendue, comme s'il s'agissait d'une joyeuse aventure, une escapade. Elle jeta un coup d'œil à Jake dans le rétroviseur.

— Ça te plairait, mon cœur ?

— Oui. J'aime bien Ty. Il est gentil et il m'a fait du pop-corn, une fois. Et il adore les dinosaures, aussi.

— Super !

Abby l'écouta vaguement lister les dinosaures préférés de Ty. Son cerveau tournait à cent à l'heure, et ses regards sondaient chaque impasse, chaque ruelle sur son passage. Aucune trace de Cody ou du vélo.

7 heures venaient de sonner quand elle se gara dans le parking du centre communautaire. La voiture de Dylan n'était pas là, mais celle de Ty, si. Elle se gara à cheval sur deux places, mais cela n'avait aucune importance. Très vite, elle détacha la ceinture de Jake et l'entraîna dans le bâtiment. Elle ne ralentit qu'une fois la porte refermée et salua rapidement Ty avant d'installer Jake devant la télévision.

— Regarde un dessin animé pendant que je discute avec Ty, mon chéri, dit-elle.

— *Bob l'Éponge* ?

— Oui, si tu veux.

Elle confia la télécommande à son fils puis retourna dans l'entrée, où Ty repeignait le placard dans lequel on rangeait les livres et les jeux de société.

— Est-ce que Cody est passé, ce matin ? demanda-t-elle.

Ty reposa son pinceau dans le pot.

— Non, je ne l'ai pas vu. Il n'est pas censé être en cours ?

Abby baissa la voix, faisant de son mieux pour maîtriser sa peur et son impatience grandissante.

— Il a dit à Jake qu'il partait voir leur père. Il a dit que Dylan lui avait donné cette idée.

— Dylan ?

Ty parut sincèrement surpris.

— Non, Abby. Il ne conseillerait jamais à Cody de fuguer.

N'avait-il pas justement fait la même chose, à son âge ? songea Abby. Avait-il parlé de sa vie à Cody ? Lui avait-il laissé entendre qu'il pourrait l'imiter ? S'il avait assez d'influence sur Cody pour le convaincre de faire ses devoirs, n'en avait-il pas suffisamment pour le pousser à s'enfuir ? Ou bien était-elle trop soupçonneuse, juste parce qu'elle avait peur ?

— Il ne l'a peut-être pas dit aussi clairement, mais son choix de vie a pu paraître envoûtant aux yeux d'un gosse comme Cody, fit-elle remarquer. Et mon fils n'avait pas besoin de ça !

Elle poussa un profond soupir. Elle aurait dû se méfier de Dylan. Ce genre d'hommes toujours sur le départ n'était pas fait pour elle ou pour ses garçons.

— Jamais je n'aurais dû me laisser séduire, murmura-t-elle.

— Doucement, Abby. Tu ne peux pas accuser Dylan sans preuves. Essayons d'abord de parler à Cody, et…

Abby leva les mains au ciel, désespérée.

— Je ne sais même pas où il est ! Il a pris son vélo et il n'a pas d'argent sur lui. Je ne sais pas quoi faire ! Il ne répond pas à son téléphone !

Les larmes lui montèrent aux yeux, mais elle trouva la force de les ravaler. Il fallait qu'elle tienne bon assez longtemps pour réfléchir à la suite.

— J'ai essayé d'appeler Dylan, mais il n'a pas décroché non plus, précisa-t-elle.

Ty indiqua la table d'un petit signe de tête.

— Il a laissé son téléphone ici pendant qu'il faisait un saut au magasin de bricolage. Il devrait revenir dans une petite demi-heure.

— Je ne peux pas l'attendre aussi longtemps, Ty ! Il faut que je retrouve Cody avant qu'il fasse une bêtise…

Elle regarda une nouvelle fois la salle, s'attendant presque à voir son aîné endormi sur un canapé sans qu'on l'ait remarqué. Mais il n'y avait que Jake, heureusement trop absorbé par son dessin animé pour remarquer la terreur de sa mère.

— Est-ce que tu peux rester ici pour t'occuper de Jake et me prévenir si jamais Cody se montre ? demanda-t-elle.

— Bien sûr. Et dès que Dylan sera de retour…

— Dylan a fait assez de mal comme ça. Je n'ai pas besoin de son aide.

Dylan. L'erreur qu'elle avait commise. Il s'était approché d'elle et de ses fils puis, à l'instant où elle baissait sa garde, il avait raconté des histoires stupides à Cody. Ou, s'il n'avait rien dit, il lui avait au moins montré l'exemple.

Elle tourna les talons et sortit du centre.

Elle fit ce qu'elle aurait dû, depuis le début : elle se mit à la recherche de son fils seule, sans compter sur qui que ce soit d'autre.

10

Ils formaient une vraie famille.

Dylan était arrêté à un stop, en centre-ville, et il observait le parc, de l'autre côté de la rue. Son frère était là, avec sa fiancée et ses deux enfants. Il riait. Il souriait. Il s'amusait.

Les gamins, aussi bruns que Dylan et Sam l'avaient été autrefois, portaient des vestes identiques. Leurs sacs à dos et leurs boîtes de goûter étaient posés sur un banc, près d'eux. Sans doute la famille avait-elle fait un petit détour par le parc avant l'heure de l'école. Ce n'était pas étonnant, venant de Sam. Il avait toujours été attentionné. Sans doute était-il un très bon père…

Dylan resta longtemps devant la ligne du stop. Il n'arrivait pas à prendre sa décision. Au bout d'un moment, cependant, quelqu'un se rangea derrière lui et klaxonna, l'obligeant à bouger. Il traversa l'intersection, se gara le long du trottoir et traversa la rue au pas de course.

Qu'est-ce qui le poussait à entrer dans le parc ? Un besoin pressant qu'il ne comprenait pas vraiment guidait ses pas vers son frère, vers cette parfaite famille de papier glacé rassemblée autour de la balançoire. Peut-être était-ce parce qu'il n'aimait pas laisser des choses inachevées sur son passage. Ou parce qu'il avait envie de régler le problème une bonne fois pour toutes, avant de repartir. À moins que ce soit le fait de voir les enfants de Sam rire et jouer ensemble, comme son frère et lui l'avaient si souvent fait autrefois.

Quand il s'approcha, Sam cessa de pousser la balançoire de sa fille et ouvrit de grands yeux.

— Dylan ? Que fais-tu ici ?

Le soupçon qui perçait dans la voix de son frère convainquit presque Dylan de tourner les talons. Puis il regarda les deux enfants, une fille d'environ huit ans et un garçon qui ne devait pas être plus âgé que Jake, et retrouva dans leurs regards curieux la trace de ce que Sam et lui avaient été, à leur âge. Il songea aussi à Jake et Cody. Quel drame, s'ils cessaient un jour de se parler. Jake idolâtrait son grand frère, et Cody avait une manière bien à lui de le chérir, de le protéger. Comme Sam avec lui, autrefois... Avant qu'il commette des erreurs et dénoue leurs liens l'un après l'autre, songea-t-il.

Pourquoi avait-il laissé tant d'années filer avant de parler de nouveau à Sam ? Ce qu'ils avaient pu se dire dans un moment de colère, des années plus tôt, avait donc tant d'importance ?

Le cœur de Dylan se serra en repensant à cet amour autrefois partagé. Sam et lui avaient raté tant de choses, avaient passé tant de moments importants sous silence.

Toutes ces années de séparation... Le moment n'était-il pas venu d'enterrer le passé et d'aller de l'avant ?

— Je suis venu rencontrer la famille de mon frère, si tu es d'accord, dit-il. Désolé d'avoir mis aussi longtemps à venir.

Sam jeta un rapide coup d'œil à la jeune femme brune qui l'accompagnait, Katie, si Dylan se souvenait bien. Elle répondit par un petit signe de tête et un sourire affectueux. Sam s'écarta donc de la balançoire, laissant Katie le remplacer, et tous deux s'éloignèrent de quelques pas.

Dylan retint son souffle tandis que son frère le dévisageait en silence. Enfin, ses traits s'adoucirent. Ils se ressemblaient tant, tous les deux. Ils avaient toujours été si proches. Dylan pouvait presque sentir les années de colère se retirer comme la marée…

— Mieux vaut tard que jamais, murmura Sam.

Il enlaça son frère et le serra fort contre lui. Dylan se raidit d'abord, sous le choc, puis il finit par redevenir le petit garçon de cinq ans qui avait peur des cris de ses parents montant du rez-de-chaussée. Et Sam était là, comme d'habitude, pour lui répéter que tout irait bien. Pour lui raconter une histoire de pirates et de trésor englouti dans l'espoir de couvrir le vacarme de la dispute entre leurs parents.

Son grand frère. Pas juste un membre de sa famille comme un autre, mais un ami. Un ami qui lui avait manqué plus encore qu'il ne le croyait.

— Oh Sam, je suis désolé. Pour tout, murmura-t-il en s'écartant un peu.

Il s'était tu si longtemps. Tant de paroles étaient restées enfouies en lui en attendant qu'il soit enfin prêt à affronter son passé pour réparer ses erreurs…

— Je ne voulais pas t'entraîner dans tous mes problèmes, tu sais, reprit-il, soudain libéré. J'aurais dû appeler papa, la nuit où j'ai été arrêté, pas toi. Mais tu étais… tu étais mon meilleur ami.

Sam était le seul en qui il avait confiance. Le seul qui l'avait toujours soutenu.

— Inutile de t'excuser, répondit Sam. Je suis heureux que tu m'aies appelé. Papa se serait sans doute contenté de te crier dessus et t'aurait laissé passer la nuit au commissariat. Je n'ai jamais compris pourquoi il t'en voulait tant.

Dylan avait eu le temps de bien y réfléchir, depuis qu'il avait quitté la maison. Il lui avait fallu des années pour voir son père tel qu'il était, pour supporter sa colère et ses critiques. À présent qu'il était plus âgé, et sans doute un peu plus sage, il commençait à mieux comprendre. Cela ne voulait pas dire qu'il était d'accord avec le point de vue de son père, mais le fait de savoir que cette haine n'était pas personnelle l'apaisait en partie.

— Je l'ai entendu se disputer avec maman, une fois, dit-il. Il disait qu'il l'aurait quittée depuis longtemps si elle n'était pas retombée enceinte. Je crois que je n'étais pour lui que l'obstacle qui le condamnait à travailler plus et qui l'avait empêché de mener la vie qu'il voulait.

Sam secoua la tête avec une moue de dégoût.

— Je ne savais pas, murmura-t-il. C'est révoltant ! Jamais je ne penserais ça d'un de mes enfants.

— Et c'est pour ça que tu es le genre de père dont tout le monde rêve.

Dylan regarda en direction de Henry et Libby, qui avaient l'air heureux, insouciants. Sa vie aurait été si différente s'il avait eu deux parents affectueux et attentionnés !

— C'est pour ça aussi que je t'ai appelé, cette nuit-là, reprit-il. Je savais que tu prendrais soin de moi.

C'était ce que Sam avait fait. Après avoir payé sa caution, il avait parlé au policier et au commerçant qui avait porté plainte pour les convaincre d'abandonner les poursuites. Puis il avait ramené son petit frère à la maison et lui avait fait la leçon. Pas pour imiter leur père, Dylan le comprenait bien à présent, mais parce qu'il avait peur de le voir finir en prison, ou pire. Seulement à l'époque, Dylan était trop en colère pour apprécier ce que Sam faisait pour lui. Il était trop immature, convaincu que quitter la ville résoudrait tous ses problèmes. À présent, il savait qu'il n'existait qu'une solution : affronter les épreuves plutôt que les fuir.

Sam sourit.

— Tu penses vraiment que je suis un bon père ?

— Bien sûr que oui. Mais ne le répète à personne, ou je nie tout en bloc.

Ils éclatèrent de rire en même temps, puis Dylan soupira. Pour la première fois, il se retrouvait face à tout ce qu'il avait évité pendant des années, toutes les erreurs qu'il avait commises. Sam ne l'avait pas laissé tomber, il avait essayé de le protéger. C'était lui, aveuglé comme il l'avait été par sa colère et sa rancœur, qui avait abandonné Sam.

— Je suis désolé de ne pas être venu voir Henry et Libby plus tôt, reprit-il. Et aussi, de ne pas avoir été là quand tu as perdu ta femme. J'étais trop aveuglé par mes propres problèmes pour être un bon frère. Je suis vraiment, vraiment navré.

— Je ne t'en veux pas. Tu sais, à cette époque, moi non plus, je n'aurais pas aimé me retrouver face à moi !

Sam soupira et hocha la tête.

— Cette nuit-là, je t'ai dit beaucoup de choses que je n'aurais pas dues, avoua-t-il. J'étais trop jeune et je voulais juste…

Il s'interrompit.

— Juste quoi ? demanda Dylan.

Son frère regarda ses enfants jouer pendant quelques instants.

— J'étais en colère. Tu allais partir, Dylan. Tu allais me laisser seul avec nos parents. Je t'en voulais de t'échapper d'ici et de… me laisser en arrière.

Dylan regarda son frère, surpris par cet aveu. Il n'avait jamais vu les choses sous cet angle. Pendant toutes ces années, sa colère l'avait empêché d'envisager le point de vue de Sam. En effet, il avait laissé son frère seul face à leurs parents. Il l'avait obligé à se placer en arbitre entre eux presque chaque jour, puis à les aider à déménager en Arizona quand leur père avait pris sa retraite.

— Je n'ai pas pensé à ce détail, expliqua-t-il. Je ne suis pas parti parce que j'étais en colère contre toi, tu sais. Je suis parti parce que je ne voyais pas d'autre solution pour m'en sortir…

Sam réfléchit un instant à ces paroles puis haussa les épaules avec un petit soupir. Dylan retrouvait enfin le frère qu'il avait connu pendant son enfance, celui qui pardonnait toujours si vite.

— Ça fait longtemps, maintenant, dit-il. Je pense que l'on peut tourner la page, non ? suggéra-t-il.

— Oui. Il est temps.

Sam se fendit d'un grand sourire. Il lui donna une tape amicale dans le dos et l'attira de nouveau dans ses bras. En un instant, ils effacèrent des années de rancœur. Leur réconciliation emplit Dylan de bonheur et de soulagement. C'était tellement agréable. Comme une belle journée d'été qui vous berce.

— Allez, viens ! lança Sam en l'entraînant vers l'aire de jeux. J'aimerais te présenter ma famille.

Ils retournèrent près des balançoires, et Dylan vit le visage de Katie s'illuminer. Elle sourit d'abord à Sam, un de ces sourires secrets, échangés entre deux personnes qui s'aiment. Dylan regarda son grand frère et vit qu'il arborait le même sourire béat. L'espace d'un instant, il fut un peu jaloux. Qu'est-ce que ce serait, de pouvoir rentrer chez soi tous les soirs et de retrouver une femme aussi souriante sur le pas de la porte ? Une femme qui embellirait tout son univers…

Comme Abby l'avait fait, depuis leur rencontre. Il repoussa bien vite cette pensée. Mieux valait ne pas s'attarder sur ce genre de choses.

— Dylan, voici ma fiancée, Katie, annonça Sam. Elle est plus ou moins liée aux Barlow, mais c'est une longue histoire. Je te la raconterai un jour, devant une bière.

Il dit cela comme si Dylan comptait s'installer à Stone Gap, comme s'il serait encore là pour le prochain barbecue de famille ou le prochain anniversaire. Les Barlow vivaient tous ici, depuis des générations. C'était des gens capables de prendre racine quelque part. Tout comme Sam.

S'il revenait à Stone Gap dans dix ans, il retrouverait

encore les Barlow, Sam et Katie, plus heureux que jamais, songea-t-il. Mais lui, où vivrait-il ?

Il n'en avait aucune idée. Peut-être dans le Maine. Peut-être en Floride ou à Tombouctou. Pour la première fois de sa vie, cette idée ne lui fit pas particulièrement plaisir.

— Ravi de faire ta connaissance, Katie, dit-il. Tu dois être du genre patient pour supporter mon frère tous les jours.

Elle sourit, portant sur Sam un regard indulgent.

— Oh ! Il n'est pas si mauvais.

— Non, répondit Dylan. Il n'est pas si mauvais. En tout cas, je suis content pour vous deux.

Sam appela ses enfants et les présenta à leur oncle. Libby et Henry étaient des gosses aussi mignons que gentils.

— Vous devez connaître Jake Cooper, dit Dylan. Sa maman dit que vous venez au centre communautaire pour jouer, de temps en temps.

Libby acquiesça.

— On y va le mardi, quand maman Katie travaille tard. Elle aide papa avec son entreprise.

Sam se mit à rire.

— Je ne sais pas si être agent immobilier indépendant compte comme une entreprise mais, oui, Katie m'aide à faire la comptabilité, expliqua-t-il.

Il passa un bras autour des épaules de sa future épouse. Elle sourit, une main doucement posée sur son torse.

— Elle est très douée avec les chiffres, ajouta Sam.

Pendant quelques secondes, Dylan eut envie de leur parler d'Abby, de déclarer haut et fort que sa petite amie était un génie du marketing, qu'elle était en partie responsable du succès de l'auberge de Della et Mavis. Mais parler de petite amie laissait sous-entendre qu'il cherchait quelque chose de permanent. Quelque chose qui l'obligerait à s'installer en ville.

Il finit par dire au revoir à son frère et à sa famille,

promettant de dîner chez eux le lendemain soir, et repartit, l'esprit troublé.

Avait-il fait le mauvais choix en quittant sa ville natale ? Avait-il eu tort en fuyant ce que son frère avait maintenant ? Il avait toujours cru ne pas vouloir d'attaches ou de famille, avant de se rendre compte du bonheur que tout cela pouvait apporter.

Abby passa encore une heure à arpenter chaque rue de Stone Gap tout en laissant des messages à Cody. Aucune réponse. Pas un signe de son fils. Elle téléphona au lycée, envoya des textos à ses copains. Personne ne l'avait vu ou n'avait eu de ses nouvelles. Elle finit par revenir au centre communautaire, soulagée de voir la voiture de Dylan sur le parking. Enfin !

Il sortait à peine de sa jeep quand elle se gara à son tour. Il lui fit signe.

— Salut, Abby !

— Pas de « salut, Abby » avec moi !

Toute sa colère, aiguillonnée par l'angoisse, se déversa d'un coup.

— Qu'est-ce que tu as dit à mon fils ? lui demanda-t-elle sèchement.

Dylan parut surpris.

— À ton fils ? Lequel ? Jake ou Cody ?

— Cody. Il a fugué et il a dit à Jake que c'était sur tes conseils ! cria-t-elle en plantant un index au milieu de son torse. Qu'est-ce que tu lui as dit ? Est-ce que tu as prétendu que c'était cool de quitter sa famille ? Que c'était une sorte de super aventure ?

Dylan secoua la tête d'un air incrédule.

— Abby, crois-moi, je ne lui ai jamais dit de s'en aller. C'est bien le dernier conseil que je donnerais à un gamin.

Elle étouffa un sanglot amer.

— Est-ce que tu lui as dit d'aller voir son père ?

— Non. On n'a jamais vraiment parlé de son père.

Il hésita un instant avant de reprendre :

— Si, une fois, mais ça n'a pas duré longtemps.

— Et que lui as-tu dit, exactement ?

— Il m'a demandé si j'avais parlé à mon père de la manière dont il me traitait quand j'étais petit. Je lui ai dit oui, mais que cela ne s'était pas bien passé. Cody a alors demandé s'il y avait encore de l'espoir pour son père, et j'ai répondu qu'il ne pourrait pas le savoir tant qu'il ne lui aurait pas parlé. Je suis désolé, Abby. Je n'ai pas un seul instant pensé qu'il me prendrait au pied de la lettre et partirait sans prévenir.

Cody pleurait encore un père qui n'avait jamais vraiment été là pour lui, un homme qui s'était contenté de lui fournir quelques gènes et pas grand-chose d'autre. Abby sentit son cœur se briser. Son fils cherchait des réponses, et il ne les obtiendrait sans doute jamais.

— Tu lui as dit d'aller voir son père pour exiger des explications ?

— Non, pas du tout ! s'exclama Dylan. Et Cody ne m'a pas parlé de ses projets.

Il prit les mains d'Abby dans les siennes.

— Il faut me croire. Jamais je ne lui ai dit de partir.

Elle aurait voulu s'abandonner à la pression de ces mains si chaudes, si rassurantes. Elle aurait voulu faire confiance à cet homme qui connaissait son fils et qui semblait vouloir l'aider, elle. Seulement Dylan était la cause de tout ce qui était arrivé ce matin. Ses intentions étaient peut-être bonnes, mais le résultat était désastreux…

Elle s'arracha donc à son étreinte et serra les dents.

— Quoi que tu aies dit, ça a poussé Cody à quitter la maison en douce avant mon réveil pour partir seul sur son vélo. Son père habite en Géorgie, Dylan ! Crois-tu qu'il a l'intention de pédaler jusque là-bas ? Ou, pire, de faire du stop ? Il ne doit pas avoir plus de dix dollars en poche ! Que va-t-il lui arriver, Dylan ? Dis-moi ?

Peu à peu, sa voix était montée dans les aigus. La panique l'étouffait, son cœur tambourinait dans sa poitrine. Elle se rendit soudain compte qu'elle avait espéré obtenir des réponses de Dylan. Hélas, il n'en savait pas plus qu'elle, évidemment.

Ce n'était qu'une impasse supplémentaire. Son fils était quelque part dehors, et elle n'arrivait pas à le trouver. Oh Seigneur…

Elle avait déjà prévenu la police, mais le commissariat ne faisait rien pour un adolescent de seize ans qui avait l'habitude de sécher les cours. Elle allait rappeler, décida-t-elle. Peut-être qu'on la prendrait au sérieux, cette fois.

— Abby, calme-toi. Je suis certain qu'en réfléchissant bien, nous pourrons découvrir où il est, quelle route il a prise.

Se calmer ? Est-ce qu'il se rendait compte de ce qu'elle vivait, en ce moment ? Est-ce qu'il se rendait compte de la catastrophe que ses bons conseils avaient déclenché ? Si quoi que ce soit arrivait à Cody avant qu'elle le retrouve…

— Je n'ai pas l'intention de m'asseoir pour réfléchir avec toi, Dylan. Tu t'es contenté de débarquer dans cette ville, de ficher ma vie en l'air et, maintenant, tu vas repartir. Comme un ouragan qui détruit tout sur son passage. Je ne te demande plus qu'une seule chose : ne t'approche plus de mes fils ou de moi !

Elle remonta dans sa voiture et quitta le parking pour recommencer à patrouiller dans les rues.

Seule. Parce que, comme toujours, c'était la meilleure chose à faire.

Dylan regarda Abby partir et, pour la seconde fois de sa vie, il eut l'impression d'avoir tout gâché. Est-ce qu'une conversation innocente avait réellement poussé Cody à partir pour la Géorgie ? Sur un vélo et avec dix dollars en poche ?

Il tenta de se souvenir de chaque mot échangé, se les répéta en boucle. Rien, pendant qu'ils discutaient à la fin de leur journée de pêche, n'avait pu pousser Cody à fuguer, il en était certain. Il n'avait rien dit qui puisse sous-entendre « va voir ton père et mets les choses au point avec lui. »

Cody était un gamin intelligent. Il devait bien savoir qu'il ne pourrait pas traverser deux États à vélo. Et même s'il avait voulu tenter le coup, il ne pouvait pas être bien loin. Mais où ?

Si même Abby n'avait pas réussi à le trouver, qu'est-ce qui lui permettait de croire qu'il aurait plus de chance, lui ?

Il déchargea le plan de travail et entra dans le centre.

Jake était assis à une table, pataugeant dans la colle et les papiers de couleur, tandis qu'oncle Ty réparait une poignée de porte mal fixée. Quand il vit Dylan, Ty s'interrompit et lui fit signe de le suivre dans la cuisine.

Dylan posa son chargement puis se tourna vers son oncle.

— Que s'est-il passé, oncle Ty ? Je viens de croiser Abby sur le parking, et elle m'a dit que Cody avait fugué ?

— Je n'en sais pas plus que toi, fiston.

Le visage de Ty trahissait son inquiétude. Les gamins du centre faisaient presque partie de sa famille et quand l'un d'entre eux avait des problèmes, tombait malade ou se faisait mal, il en souffrait presque autant que les parents.

— Elle est venue il y a une heure, expliqua-t-il. Elle te cherchait mais tu avais oublié ton téléphone.

Dylan porta la main à sa poche et lâcha un juron. C'était bien le jour, pour oublier son portable !

— Du coup, elle m'a laissé Jake et elle est repartie chercher Cody, conclut Ty.

Ty soupira et ajouta :

— Je lui ai pourtant bien dit que tu n'encouragerais jamais son fils à s'en aller.

— Je ne l'ai pas fait. Enfin, pas vraiment…

Il raconta en quelques mots la conversation qu'il avait eue avec Cody, au lac.

— Je voulais juste l'inciter à téléphoner à son père pour lui parler s'il pensait en avoir besoin, précisa-t-il. Je n'imaginais pas qu'il déciderait d'aller le voir. De toute manière, même s'il s'est mis en tête d'essayer, il n'a pas dû aller loin.

— À moins qu'il ait abandonné son vélo quelque part pour faire du stop, comme toi autrefois.

Cette pensée terrifia Dylan. Cody était-il capable de faire ça ? Pensait-il, comme lui-même l'avait cru, que monter dans les voitures d'inconnus pour rejoindre la Géorgie était une bonne idée ?

Un détail de son adolescence lui revint en mémoire. Deux ans avant son départ définitif, il avait eu une violente dispute avec son père au sujet de ses notes, de son manque d'ambition et de tous les défauts que son père lui trouvait sur le moment. Hors de lui, il avait pris son vélo et avait pédalé jusqu'à ce que le soleil ait presque disparu. La route lui avait paru interminable. Il avait percuté un caillou, crevé un pneu et avait été obligé de laisser sa bicyclette dans le fossé pour faire du stop.

Dans les films, ça lui avait toujours paru si cool. Un homme à l'histoire passionnante s'arrête pour prendre le jeune voyageur solitaire et l'entraîne dans une série d'aventures. Au fil des kilomètres, une amitié indéfectible se crée inévitablement entre eux.

Dans son cas à lui, le premier véhicule qui s'était arrêté était conduit par un homme qui lui avait donné la chair de poule. Il avait refusé de monter et s'était éloigné à pied, angoissé par la nuit qui se faisait plus sombre.

Quelques instants plus tard, d'autres phares étaient apparus derrière lui. Il s'était mis à courir, convaincu que le type glauque revenait. Qu'il allait l'attraper et l'enfermer dans son coffre, comme dans certains de ces autres films d'auto-stoppeurs, ceux qui ne connaissent pas de *happy end*. Mais quand il avait jeté un coup d'œil apeuré par-dessus son épaule, il avait vu que la voiture était un pick-up, pas une berline. Et quand la vitre s'était baissée en arrivant à sa hauteur, il avait reconnu oncle Ty.

— La fois où j'ai fugué, à quinze ans, tu m'as ramené à la maison le soir même, murmura-t-il. Tu m'as trouvé, j'ignore comment, et tu m'as ramené… Avant qu'il m'arrive quoi que ce soit…

Cette fameuse soirée faisait partie de tous ces précieux petits instants qui avaient renforcé son amour pour son oncle.

— Je n'ai pas eu trop de mal à te trouver, fiston. Je te connaissais bien et je savais que tu partirais en direction du vieux camping, près du lac. On y allait tous les étés quand tu étais petit, tu te souviens ? Tu adorais ça. Tu disais que c'était l'endroit au monde que tu préférais.

Ty haussa les épaules, comme si ce n'était pas si difficile à deviner que ça, mais pour Dylan, qui avait grandi avec un père incapable de le comprendre, la perspicacité de son oncle importait beaucoup. Vraiment beaucoup.

— En tout cas, je suis content que tu t'en sois souvenu, oncle Ty. Je ne sais pas ce que j'aurais fait, si tu n'étais pas venu me chercher.

— Et moi, je suis heureux de t'avoir retrouvé. Même si je ne suis pas certain que tu aies apprécié la petite leçon que je t'ai donnée dans la voiture, sur le moment. J'ai pourtant essayé de te faire comprendre l'importance des bons choix, dans la vie. Comme affronter ses problèmes, au lieu de les fuir sans cesse.

— Je n'ai pas dû bien t'écouter, en tout cas, puisque j'ai repris la route deux ans plus tard.

Ty sourit.

— Tu as toujours été têtu et lent à comprendre, Dylan. Mais tu as fini par reprendre le contrôle de ta vie et, j'espère, par arrêter de courir.

Dylan ne sut pas quoi lui répondre. Partir pour retrouver le travail qui l'attendait dans le Maine, était-ce une fuite supplémentaire ou un bon choix ?

— Honnêtement, je ne sais pas, avoua-t-il.

— Est-ce que je t'ai déjà raconté la fois où j'ai fait le mur, quand j'avais le même âge ?

Dylan secoua la tête, surpris.

— Je ne voulais sans doute pas que tu te laisses charmer par l'idée, expliqua oncle Ty. Un jour je me suis disputé avec mes parents, pour des histoires de famille ordinaires, et j'ai décidé que je m'en sortirais mieux tout seul. J'ai réussi à parcourir trois kilomètres avant de me cacher dans les bois pour dormir à la belle étoile. Quand j'ai fini par rentrer, ma mère était dans tous ses états, et mon père parlait à deux policiers dans notre jardin. Je m'en suis toujours voulu de leur avoir fait du mal, comme ça. Quand j'ai vu à quel point ils semblaient inquiets, j'ai compris que fuguer n'était pas une bonne solution. Donc, quand tu as fait le mur à ton tour, je n'ai eu qu'à réfléchir à ma propre expérience pour te retrouver. Et c'est comme ça que tu pourras aider Abby à retrouver Cody. À ton avis, quelle direction a-t-il prise ? Où crois-tu qu'il va s'arrêter quand il aura peur et se sentira seul ?

Dylan ne connaissait pas Cody aussi bien que ça, hélas. Il ne l'avait rencontré qu'une semaine plus tôt. Mais dès le départ, il avait senti un lien entre eux. Ils étaient tous les deux des solitaires, souffrant de leur relation avec leur père.

Ce n'était pas beaucoup, mais c'était déjà un point de départ.

11

De retour chez elle, Abby se laissa tomber sur une chaise et fondit en larmes. Elle avait arpenté dans les deux sens toutes les rues de Stone Gap, avait exploré les lotissements de banlieue et avait même suivi l'autoroute sur plusieurs kilomètres dans toutes les directions, à la recherche de son fils. Elle avait de nouveau appelé tous ses copains et leurs mères, avait fouillé la boutique de bonbons, la salle d'arcade et le bowling…

Pas de Cody.

Finalement, en désespoir de cause, elle prit son téléphone et passa le plus atroce coup de fil de sa vie. Quand son ex-mari décrocha, elle prit une profonde inspiration et serra les dents.

— Keith, je voulais te prévenir que Cody est peut-être en route pour te voir.

Elle entendit Keith soupirer.

— Pourquoi ? Tu l'as mis à la porte ?

Que voulait-il dire ? Que c'était sa faute, à elle ?

— Pas du tout ! s'exclama-t-elle en se levant d'un bond. Il est en colère contre toi, et je pense qu'il veut te parler. Il n'a pas bien réfléchi et il est parti à vélo, sur un coup de tête.

Keith lâcha un juron.

— Bon sang, tu n'es même pas capable de garder ces

gamins à l'œil ? Je n'ai pas le temps de m'occuper de ça maintenant !

— Ces gamins sont tes fils, Keith !

Combien de fois, déjà, avait-elle répété ces mots ? Cela n'avait jamais rien changé...

Elle l'avait rencontré à la fin du lycée et avait été immédiatement séduite par son charme excitant de beau citadin plus âgé qu'elle. Il avait voyagé, avait vécu de nombreuses expériences, il était spontané. Hélas, une fois mariée et enceinte, elle avait compris que tout ce qui intéressait réellement Keith était... Keith. Lorsqu'il était revenu dans sa vie en la suppliant de lui accorder une seconde chance, elle s'était convaincue qu'il avait changé et que le conte de fées dont elle avait tant rêvé était enfin sur le point de devenir réalité. Mais, très vite, Keith s'était de nouveau laissé obnubiler par la seule chose qui importait à ses yeux : lui-même.

— C'est moi qui passe ma vie avec eux, qui bosse à plein temps pour les nourrir et les élever correctement. Donc oui, Keith, je les garde à l'œil !

— Et nous y revoilà, marmonna-t-il. La théorie du mauvais père...

— Je n'ai pas besoin d'élaborer des théories. Nous savons tous les deux que tu es un père indigne ! Tu n'as jamais été là pour tes fils. Ni pour Cody ni pour Jake.

Il avait parfois eu de brefs instants de lucidité qui l'avaient poussé à jurer de ne plus faire les mêmes erreurs et à essayer de construire une vraie famille. Combien de fois lui avait-il promis de ne plus gaspiller leur argent en jeu et en alcool ? Elle y avait cru. Elle s'était appuyée sur ses promesses. Puis, au final, il était reparti, l'abandonnant avec deux enfants et un compte en banque vide.

— Je travaille, Abby. Ne va pas croire que je passe mes journées à me tourner les pouces ! Je suis un homme occupé.

— Trop occupé pour tes enfants ?

Elle prit une profonde inspiration et se mordit la langue avant de dire quelque chose qu'elle risquait de regretter. De toute manière, ils avaient déjà eu cette conversation des milliers de fois. Rien de tout cela ne ramènerait Cody à la maison.

— Je ne te demande qu'une chose, Keith. Me prévenir si jamais tu as des nouvelles de Cody. D'accord ?

— Je n'ai pas le temps de le voir. J'ai des réunions, des coups de fil importants à passer et…

— Contente-toi de m'envoyer un texto ou de me laisser un message.

Elle raccrocha sans attendre sa réponse, plus frustrée encore qu'avant. Jamais Keith n'assumerait son rôle de père ou ne chercherait à montrer un bon exemple à ses fils. Jamais il ne serait le genre de père qui lit des histoires, qui emmène ses enfants à la pêche et qui leur apprend à réparer ce qui est cassé.

Un seul homme avait fait cela pour ses fils. Dylan.

Mais il avait aussi donné à Cody des conseils qui l'avaient poussé à prendre le large à seize ans, sans rien dire à personne. Cela faisait cinq heures que son fils avait disparu, maintenant, et Abby n'était pas plus avancée que lorsqu'elle avait quitté la maison ce matin.

Elle se laissa de nouveau tomber sur sa chaise et sanglota. Elle avait failli à son rôle de mère. Elle n'avait pas su protéger son fils. Elle n'avait pas été là quand il avait eu besoin d'elle. Et maintenant, elle avait peut-être perdu Cody pour toujours…

Quand Dylan quitta oncle Ty, celui-ci était en train d'installer le nouveau plan de travail avec Jake. Au moins, le gamin restait occupé et ne demandait pas toutes les cinq minutes où était sa mère.

De plus, il posait tellement de questions à Ty au sujet

de la réparation et de tout ce qui lui passait par la tête – y compris quel était le dinosaure préféré de Ty et s'il pensait qu'il devrait avoir un chien –, que Ty n'avait pas le temps de penser à sa tristesse. Plus il parlait avec Jake, plus Dylan voyait renaître son enthousiasme pour les enfants. Ce qui était une bonne chose. Cela voulait dire qu'il n'aurait bientôt plus besoin de son aide. Tous les travaux du centre étaient terminés, à l'exception du toit et de la révision du pick-up de Ty. S'il avait le temps avant de partir, il essaierait aussi de jeter un coup d'œil au moteur du bateau de pêche. Et puis, il y avait la fenêtre cassée, chez Abby…

Oui, s'il l'avait voulu, il aurait facilement trouvé de quoi s'occuper pendant un mois ou plus, à Stone Gap. Le problème, c'était qu'il n'avait pas un mois devant lui. Il n'avait que deux jours. Et, pour l'instant, tout devait être mis de côté tant qu'il n'aurait pas retrouvé Cody.

Il repensa à ce que son oncle lui avait dit : voir les choses du point de vue de l'adolescent et essayer de comprendre où il pouvait être allé.

Il roula un moment sans but dans le centre-ville, repassant dans sa tête toutes les conversations qu'il avait eues avec Cody. Et elles n'avaient pas été nombreuses !

Puis, alors qu'il en était à son second tour de Stone Gap, une idée lui vint. C'était hasardeux, mais peut-être que…

Il tourna à droite et, lorsqu'il quitta le centre-ville, commença à accélérer. Plus il avançait, plus sa théorie hasardeuse lui paraissait crédible. Il quitta la grande route et s'engagea sur le chemin de terre qu'il avait emprunté deux jours plus tôt. Sa vieille jeep cahota sur les bosses et les nids-de-poule. Les essieux malmenés grincèrent. Juste devant lui, il vit quelque chose d'argenté briller dans les hautes herbes du fossé. C'était un vélo abandonné. Son cœur se serra d'un coup. Pendant quelques secondes, il remonta le temps. Ce vélo était le sien, et il courait de nouveau sur la route pour fuir l'homme menaçant dans sa berline.

Et si la même chose était arrivée à Cody ? Il jura et accéléra. S'il arrivait trop tard…

L'état lamentable de la route l'obligea rapidement à ralentir. Il avait plu dans la nuit et le chemin, lisse et plat quarante-huit heures plus tôt, était maintenant plein d'ornières boueuses qui durcissaient déjà sous le soleil de Caroline du Nord.

Enfin, après un dernier virage, il s'arrêta net. Le lac de Stone Gap étalait devant lui ses eaux bleues, scintillantes et poissonneuses. Dans d'autres circonstances, ce décor l'aurait rempli d'un profond sentiment de paix.

Quand il vit que le bateau d'oncle Ty n'était plus là, son estomac se noua. Cody, intelligent comme il l'était, avait dû remarquer, l'autre jour, que la clé de contact était rangée dans une petite boîte, sous le tableau de commandes…

Dylan songea un instant à prévenir Abby. Mais il n'était pas certain que le vélo appartienne vraiment à Cody, et n'importe quel ami de Ty aurait pu emprunter son bateau. Néanmoins, son instinct lui répétait que le gamin était là, quelque part. Il allait chercher d'abord et n'appellerait Abby que s'il trouvait quelque chose. Mieux valait être sûr plutôt que lui donner de faux espoirs. Il avait bien vu la douleur au fond de ses yeux, tout à l'heure…

Pourquoi, en dépit de tous ses efforts, finissait-il toujours par faire du mal aux personnes auxquelles il tenait le plus ?

Sortant de la jeep, il rejoignit la berge en courant et longea la rive jusqu'à la cabane de pêche de Ray Prescott. De loin, il aperçut Jack Barlow, qui installait une nouvelle terrasse, derrière le bâtiment. Son vieil ami de lycée avait gardé sa coupe de cheveux réglementaire et sa silhouette musclée, souvenirs de son passage dans l'armée.

— Salut, Jack !

Ce dernier leva la tête et répondit par un grand signe de la main. Il reposa ses outils pour descendre à sa rencontre.

— Dylan ! C'est sympa de te revoir. Ma mère m'a dit que tu étais de retour en ville.

Rien de surprenant à ça : Della avait dû s'empresser d'annoncer la nouvelle à ses fils. Sans doute espérait-elle que la joyeuse bande du lycée se reconstitue…

— Oui, ça fait presque deux semaines, répondit-il. Dis, tu crois que je peux emprunter le bateau de Ray ?

Jack haussa les épaules.

— Bien sûr, ça ne le dérangera pas. Celui de Ty ne veut pas démarrer ?

— Non, ce n'est pas ça. Je pense que Cody, le fils d'Abby Cooper, l'a pris pour aller se promener. Abby le cherche depuis ce matin et elle est dans tous ses états.

— Maintenant que j'y pense, j'ai bien entendu un moteur démarrer, il y a peut-être deux heures. J'étais occupé et je n'ai pas regardé qui c'était. Il est parti vers la rive est.

— Merci, Jack.

Il redescendit la petite butte où se trouvait la cabane. La rive est ? Cody avait peut-être décidé de pêcher. Ou bien ce n'était pas Cody du tout, et il faisait fausse route depuis le début.

— Hé, Dylan ?

Il se retourna.

— Ouais ?

— Ça fait plaisir de te revoir en ville. Peut-être que tu pourrais venir manger chez nous, un de ces quatre, quand tu auras réglé le problème de Cody. Meri serait ravie de te voir, tu sais.

Meri, une amie du lycée, qui devait donc avoir épousé Jack, songea-t-il.

— Pourquoi pas. Ce serait sympa.

Il ne voulait pas dire à son ancien camarade qu'il ne restait pas à Stone Gap et qu'il avait peu de chance de trouver un moment pour manger chez lui. Il le remercia encore et descendit rapidement sur la jetée pour détacher les amarres du petit hors-bord de Ray.

Les dernières pluies avaient laissé un fond d'eau à l'intérieur. Dylan la dégagea en quelques gestes et fit démarrer le moteur. Il lui fallut deux essais avant d'entendre le ronflement du bateau.

Il prit la barre et s'élança à la surface du lac, regardant de tous les côtés à la recherche du moindre signe de vie. Il partit vers l'est, passant devant le coin de pêche préféré de son oncle. Pas de bateau. Pas de Cody.

Il accéléra un peu plus, longea la berge puis ralentit pour ne pas s'embourber dans un banc de lis d'eau qui reliait l'une des petites îles à la terre ferme. Au moment où il finit de contourner l'îlot, le bateau de Ty apparut.

Cody était là, assis sur l'un des bancs de proue, la tête dans les mains.

Un soulagement profond envahit Dylan. Il sortit son téléphone pour prévenir Abby mais ne trouva pas de réseau. Forcément, il était au milieu de nulle part.

Il s'arrêta près du bateau, s'amarra à la rambarde et grimpa à bord.

— Cody ! Hé, mon grand, on t'a cherché dans toute la ville.

L'adolescent eut une moue amère.

— Je ne voulais pas qu'on me trouve, marmonna-t-il. Je voulais être tranquille un moment.

Dylan avait prononcé les mêmes paroles, à son âge. Il reconnut la colère inscrite dans les mâchoires de Cody et dans ses épaules crispées.

Pouvait-il dire quoi que ce soit pour régler le problème ? Ou bien risquait-il d'entraîner de nouveau ce gamin dans la mauvaise direction ?

Il repensa au chemin du retour dans la voiture de son oncle, tant d'années plus tôt, et aux mots que celui-ci avait prononcés. Des mots qu'il n'était pas prêt à entendre, à l'époque. Cody réagirait-il différemment ?

Il s'assit près de lui.

— Ta mère m'a dit que tu pensais aller chez ton père, en Géorgie.

— Ouais. Eh bien, il ne veut pas me voir. Je l'ai appelé, et il a dit qu'il était occupé, mais qu'il pourrait peut-être me prendre un billet d'avion plus tard.

Cody lâcha un juron et ajouta :

— J'aurais dû me douter qu'il ne changerait pas.

Dylan sentit son cœur se briser. Il était familier de ce genre de déception. Il aurait aimé avoir une baguette magique et tout arranger, mais la vie n'était pas un de ces films où tout se termine avec des larmes de joie avant le générique.

— Certaines personnes ne changent pas, c'est vrai, dit-il. Mais si tu veux mon avis, c'est ton père qui manque quelque chose, pas toi. Tu es quelqu'un de bien, Cody. Tu es intelligent, fort, et si gentil avec Jake.

Un peu comme Sam l'avait été avec lui.

— Tu penses vraiment que je suis quelqu'un de bien ou tu me baratines ?

— Tu es un mec bien, Cody, je suis sincère. Je suis très heureux d'avoir eu le temps de mieux te connaître et d'avoir pu discuter avec toi pendant mon séjour ici.

Cody se mit à gratter la rambarde, les yeux dans le vague.

— Maman dit que tu vas partir.

— Un travail m'attend dans le Maine. Donc oui, je pars.

Dire cela à voix haute lui serra le cœur.

Il contempla un instant la surface lisse du lac, sur laquelle dansaient des éclats de lumière. C'était une journée parfaite pour naviguer, pour profiter de la paix et de la beauté de l'endroit. Ce lac allait lui manquer. Tout comme…

Tout comme ce gamin, son petit frère et, surtout, leur maman…

— Alors, tu es comme mon père, tu nous tournes le dos,

décréta Cody d'une voix dure avant de lâcher un juron et de se lever. Dans ce cas, va-t'en ! Pourquoi est-ce que tu perds ton temps ici ? On n'a pas besoin de toi !

La violence de ces paroles atteignit Dylan en plein cœur. Il pouvait presque voir le mur se dresser entre Cody et lui. Il pouvait voir le garçon y ajouter des briques le plus vite possible pour se protéger.

— Je ne te tourne pas le dos, Cody. J'ai un boulot et…

— Il y a du boulot, ici aussi. Réparer des maisons, diriger le centre, ce genre de choses. Tu me l'as dit toi-même. Si je travaille bien et si je passe mon bac, je pourrai trouver une place chez un artisan, comme toi.

— Oui, bien sûr. Je pourrais travailler ici, mais…

Il chercha un argument que l'adolescent pourrait comprendre. Et il ne trouva rien.

— Mon contrat m'oblige à aller dans le Maine. Je suis désolé.

— Dans ce cas, vas-y.

Le visage de Cody s'assombrit, et il le chassa d'un geste.

— Tu n'as pas besoin de rester jouer les baby-sitters. Je vais bien, ajouta-t-il.

— Alors pourquoi restes-tu assis ici au lieu de pêcher ou de naviguer ?

Cody haussa les épaules.

— Le moteur est mort, avoua-t-il. J'attendais un peu avant d'essayer de redémarrer. Je ne connais pas grand-chose en mécanique, mais j'ai pensé qu'il avait peut-être trop chauffé.

— Je vais y jeter un coup d'œil. Viens m'aider.

Contre toute attente, Cody obéit.

Dylan essaya de démarrer. En vain. Alors il fit basculer le moteur vers l'avant pour retirer le cache.

— On peut vérifier le fusible et l'arrivée de carburant, expliqua-t-il en montrant les différents éléments à Cody.

Peut-être que le fusible a sauté, ou qu'une des durites a lâché. Non. Tout a l'air d'aller bien de ce côté-là.

— On est coincés ici, alors ?

— Pas du tout. Il y a encore une ou deux choses que l'on peut faire.

Il redressa le moteur et montra à Cody une petite trappe dans le fond du bateau.

— Tiens, ouvre ça et jette un coup d'œil à la valve du réservoir.

Cody souleva la trappe, examina le réservoir, puis interrogea Dylan du regard.

— Euh… Où est la valve ?

— Tu vois ce machin rond, là, attaché aux tuyaux ? Quand ça se bloque, le moteur ne reçoit plus d'essence, et il ne peut pas démarrer.

Cody se pencha pour regarder la valve de plus près.

— On dirait qu'il y a de la boue dedans.

— Des guêpes fouisseuses. Elles aiment faire leur nid dans la terre.

Dylan tira son couteau suisse de sa poche et le tendit à Cody.

— Tiens, enlève ce qui gêne. Fais attention.

— Moi ?

— Bien sûr, tu peux le faire.

Dylan s'accroupit près de lui et le regarda nettoyer la valve avant de refermer la trappe.

— Bon. Maintenant, essaie de le démarrer de nouveau, dit-il.

Cody tourna la clé de contact. Le moteur crachota un peu, puis se lança. Une profonde fierté illumina le regard de l'adolescent.

— J'ai réussi !

C'était une victoire de plus, dans la vie d'un gosse qui avait connu trop de déceptions, songea Dylan en lui souriant.

— Tu es un chef ! Maintenant, rentrons.

— Non. Maman va me tuer.

— Elle sera en colère, c'est sûr. Mais elle sera aussi tellement contente de te retrouver sain et sauf qu'elle risque de te faire des câlins non-stop jusqu'à ce soir.

Abby lui pardonnerait-elle aussi vite, à lui ? C'était peu probable. Il préférait ne pas parier là-dessus, surtout après leur dispute de tout à l'heure.

Cody hésita un instant.

— Tu crois ?

— J'en suis sûr. C'est l'une des meilleures mamans du monde.

— C'est vrai, marmonna Cody. Elle n'est pas si mauvaise.

L'adolescent poussa un profond soupir avant de demander :

— Tu crois que mon père changera, un jour ?

La question flotta un instant entre eux. Si seulement Dylan pouvait réparer la relation entre Cody et son père aussi facilement qu'un moteur de bateau !

— Je ne sais pas, mon grand. Mon père n'a pas changé, lui. Au fond, je ne sais pas si la nature des gens évolue vraiment au fil du temps.

— Mais toi, tu n'es plus le même, n'est-ce pas ? Mon copain Matt dit que sa mère était en cours avec toi. Elle disait que tu avais laissé tomber tes études et ta famille, que tout le monde était convaincu que tu allais finir en prison parce que tu te faisais souvent arrêter, quand tu étais ado.

Oui, c'était bien sa réputation, ici. Dans ce genre de ville, les gens n'oubliaient jamais rien, et Dylan aurait tout aussi bien pu avoir son pedigree tatoué sur le front.

Mais certaines personnes – Sam, Abby, ses fils, oncle Ty – ne voyaient pas uniquement son passé de délinquant, en le regardant. Ils le voyaient lui, tel qu'il était maintenant. « Tu es un homme bien », lui avaient dit son oncle et Abby.

Il n'était pas encore certain d'y croire. Abby le pensait-elle toujours, aujourd'hui, ou bien l'avait-il trahie, elle aussi ?

— Une fois. J'ai été arrêté une fois, précisa-t-il. J'étais

jeune, stupide. Je refusais d'écouter les adultes. Mon frère a payé ma caution et s'est arrangé pour que les charges soient abandonnées. Mais crois-moi, cela aurait pu se terminer beaucoup plus mal. Et, oui, j'ai laissé tomber le lycée pour passer des années sur la route avant de comprendre ce que je voulais vraiment faire de ma vie. Si je pouvais revenir en arrière, je ferais beaucoup de choses différemment, tu sais.

Cody haussa les épaules.

— Tous les adultes disent la même chose, marmonna-t-il.

— Parce que c'est vrai.

Dylan laissa un instant son regard vagabonder à la surface de l'eau.

— Tu sais Cody, tu as une super maman, un petit frère qui t'adore et une belle vie ici. Tu peux même te construire un bon avenir, si tu l'acceptes au lieu de le fuir. Moi j'ai fui la réalité pendant trop longtemps et je ne veux plus continuer comme ça. Il y a quelque chose d'agréable, dans le fait de savoir où l'on sera demain, et les jours suivants aussi.

— Et tu seras où, demain, Dylan ?

Dylan fut incapable de répondre.

Abby attrapa ses clés de voiture et se dirigea vers la porte d'entrée. Elle allait faire un dernier tour de la ville et, si elle ne retrouvait toujours pas Cody, elle recontacterait la police.

Keith lui avait envoyé un texto pour lui dire que Cody l'avait appelé et qu'il lui avait dit de ne pas venir en Géorgie. Qu'il lui avait promis de le voir plus tard.

Elle pouvait au moins arrêter de craindre que son aîné se lance dans la traversée de deux États en stop. Mais ça ne lui disait toujours pas où il était.

Elle sortit son téléphone pour appeler Ty et lui demander de garder Jake encore un moment quand une jeep se gara devant la maison. C'était Dylan. Et Cody était sur le siège passager. Dieu merci !

Elle se précipita au bas des marches. Toute sa colère et toute sa peur disparurent à l'instant même où elle vit son fils descendre de voiture.

— Maman, je suis désolé…

— Tu vas bien ! s'écria-t-elle avant de le serrer contre elle.

Elle ne l'avait pas embrassé comme ça depuis le jour où il était tombé de la cage d'escalade au parc, à six ans, et s'était cogné la tête par terre. Ce jour-là, elle l'avait soulevé de terre et l'avait enlacé un long moment en songeant qu'elle n'aurait pas pu survivre, s'il s'était tué. Et maintenant, dix ans plus tard, elle retrouvait cette même sensation.

— Je t'aime, Cody ! Je suis tellement contente que tu sois rentré !

Cody lui rendit son câlin, comme lorsqu'il était petit, et pour la première fois depuis bien longtemps, elle eut l'impression de retrouver son garçon. Une profonde gratitude l'envahit, et elle fondit en larmes.

— Ne refais plus jamais ça, Cody ! J'étais tellement inquiète…

— Je te le promets, maman. Je suis désolé. Je n'ai pas réfléchi.

— Peu importe, tu es rentré. C'est tout ce qui compte.

Elle le serra un peu plus fort contre elle. Quand elle croisa le regard de Dylan, elle murmura un « merci », et il répondit par un petit signe.

Au bout d'un moment, Cody s'écarta d'elle.

— Où est Jake ? demanda-t-il.

— Au centre communautaire, avec Ty.

Abby recoiffa machinalement la tignasse ébouriffée de Cody. Il parut gêné par son geste mais ne la repoussa pas.

— On peut aller le retrouver, si tu veux. Je suis sûre qu'il sera content de te voir.

— Dans ce cas, allons-y ensemble, proposa Dylan. Grimpe, Abby. Je te conduis.

Elle monta sans hésiter, et tous trois se rendirent au centre.

Elle ne put s'empêcher de se retourner toutes les cinq secondes pour vérifier que Cody était bien là, à l'arrière. Il n'avait disparu que quelques heures, mais cela lui avait paru durer une éternité ! Ils parleraient plus tard, peut-être comme lors de ces conversations qu'elle avait avec lui tard le soir avant la naissance de Jake et le départ de Keith. Elle lui ferait du chocolat chaud, et ils s'assiéraient dans la cuisine pour se retrouver, comme avant, quand il n'y avait pas encore de problèmes d'horaires, d'organisation, de carnets de notes et de permissions de sortie…

S'il y avait bien une chose qu'elle avait apprise, ces derniers jours, c'était que s'écarter du programme ne provoquait pas forcément de catastrophe. Elle avait compris cela en allant à la pêche, pendant le barbecue improvisé ou en cassant la cloison du centre. Dans ces moments-là, elle avait retrouvé une connexion étroite avec ses fils. À l'avenir, elle se promit de ménager plus souvent ce genre de récréations et de mettre de côté les règles austères qui avaient régi leur vie, ces dernières années.

Dès que la voiture fut garée, Cody en sortit et se précipita dans le centre.

Elle s'attarda un peu près de la jeep. Ces derniers temps, elle était plus détendue avec ses enfants, et cela avait finalement eu du bon. Peut-être était-il temps qu'elle relâche aussi la cage dans laquelle elle avait enfermé son cœur et qu'elle laisse de nouveau quelqu'un y entrer…

— Dylan, attends. J'aimerais que l'on parle.

— OK.

— Merci d'avoir retrouvé Cody.

Elle aurait pu le remercier mille fois, cela n'aurait pas encore suffi à exprimer sa gratitude. Il n'était pas obligé de l'aider. Il n'était pas obligé de revenir vers elle, surtout après leur dispute. Mais il était là, et cela voulait dire beaucoup.

— Comment as-tu fait ? s'enquit-elle. J'ai cherché partout, j'ai appelé tous ses amis…

— J'ai été comme lui, à une époque, et mon oncle m'a retrouvé en essayant de réfléchir comme moi. J'ai fait la même chose. Cody m'a parlé, quand nous étions à la pêche. Il m'a dit qu'il se sentait en paix, sur l'eau. Du coup, j'ai pensé qu'il avait peut-être emprunté le bateau de Ty.

La pêche. Bien sûr. Cody avait été ouvert et détendu, ce jour-là. Il était redevenu le fils qu'elle avait connu, avant le second départ de son père.

— Dieu merci, murmura-t-elle. J'étais sur le point de demander à la police de lancer un avis de recherche.

Elle secoua la tête. Maintenant que son angoisse avait disparu, un immense regret l'envahissait.

— J'ai l'impression d'être une mère atroce… Comment n'ai-je pas vu que Cody souffrait tant ?

Dylan posa doucement une main sur son épaule et la regarda un instant.

— À son âge, les gamins sont plutôt doués pour cacher leurs émotions, dit-il. Ne t'en veux pas.

Elle se laissa aller, apaisée par la confiance qu'il semblait avoir en elle. Elle était restée seule si longtemps, luttant pour maintenir sa famille à flot. Mais Dylan la comprenait. Il comprenait ce qu'elle vivait.

— Plus facile à dire qu'à faire, marmonna-t-elle. Quand on est maman, on est responsable de tant de choses.

— Cody pense que tu es une mère super, Abby. Je crois que ses mots exacts étaient « Elle n'est pas si mauvaise. »

Elle ne put s'empêcher d'éclater de rire.

— Eh bien, quel compliment ! Mais je m'en contenterai.

Venant d'un adolescent de seize ans, c'était sans doute l'équivalent d'une médaille d'or.

Dylan se campa devant elle et ramena une mèche derrière son oreille. Elle aurait voulu que cet instant dure le plus longtemps possible mais, déjà, il s'écartait.

— Moi aussi, je trouve que tu n'es pas si mauvaise.

— Tu es un homme bien, Dylan. Vraiment.

Elle soutint son regard et sentit son corps s'épanouir devant lui comme une fleur s'ouvre au soleil. Elle appréciait cet homme. Elle l'appréciait beaucoup.

Non, c'était plus que cela. Elle l'aimait.

Elle était tombée amoureuse de Dylan Millwright, quelque part entre la démolition du mur et le premier lancer de pêche. Il était tendre, attentionné, et, plus important encore, il n'avait pas peur d'elle et de ses deux garçons. Elle aimait son sourire, la manière dont il la touchait, ses regards qui s'attardaient sur elle. Comme si, peut-être… Comme s'il l'aimait aussi. Mais elle n'osa pas lui poser la question, préférant le confort d'une plaisanterie.

— Je ne suis pas si mauvaise, hein ? Est-ce aussi un compliment ?

— En fait, je dirais même que tu es incroyable, Abby.

Il prit son visage entre ses mains et effleura ses lèvres de son pouce. Elle aurait voulu qu'il l'embrasse. Qu'il la serre dans ses bras. Qu'il la prenne et ne la lâche jamais.

— Tu vas me manquer quand je serai parti, dit-il.

Il lui fallut un moment pour comprendre. La réalité des paroles de Dylan la frappa comme une lame acérée et froide. Oui, il partait. Elle le savait dès le début, mais une partie d'elle avait espéré qu'il tombe amoureux de Stone Gap, qu'il tombe amoureux d'elle et décide de rester.

— Tu vas vraiment dans le Maine, en fin de compte ? murmura-t-elle.

Il acquiesça d'un air triste.

— Mon travail commence plus tôt que prévu. Je pars jeudi après-midi.

Moins de quarante-huit heures… Elle avait pensé qu'il resterait au moins jusqu'à la fin du week-end. D'un autre côté, il ne lui avait fait aucune promesse, n'avait pas un seul moment parlé d'un avenir commun. Elle aurait dû se méfier, ne pas se laisser charmer par un homme qui n'avait aucune intention de s'installer ici.

— C'est ce que tu fais de mieux, Dylan, n'est-ce pas ? Partir ?

Elle secoua la tête dans l'espoir de chasser ses larmes.

— Pourquoi ai-je cru que tu allais finir par changer d'avis ?

— Je ne t'ai rien promis, Abby. Tu savais depuis le début que j'avais un travail qui m'attendait dans le Maine.

— Non, en effet, tu n'as rien promis. Seulement je pensais…

Elle secoua de nouveau la tête et lâcha un juron.

— Je pensais que tu avais trouvé ici quelque chose qu'il n'y aura ni dans le Maine, ni en Virginie, ni dans l'Iowa. Ni ailleurs.

Quelque chose comme moi. Et mes fils.

Dylan voulut protester mais elle ne lui en laissa pas le temps.

— Je dois y aller, déclara-t-elle. Je dois récupérer mes fils et rentrer chez moi. Ty pourra nous raccompagner. La journée a été longue, et je pensais commander des plats chinois pour passer une soirée tranquille. Reprendre notre vie de famille à trois.

Elle ne l'invita pas. Elle ne lui proposa pas de se joindre à eux. Ils étaient de nouveau seuls, et elle se répéta que c'était très bien comme ça. Elle allait bien. Du moins…

Du moins, elle irait bien. Une fois qu'elle aurait oublié Dylan.

Alors qu'elle commençait à l'aimer sincèrement. À voir

en lui le genre d'homme qu'elle avait toujours voulu avoir auprès d'elle. Elle avait fait une grave erreur, en espérant.

Avant qu'il puisse l'arrêter et blesser un peu plus son cœur malmené, elle tourna les talons et se dirigea vers le centre. Une fois à l'intérieur, elle laissa enfin ses larmes couler.

12

Dylan était assis dans sa jeep, au sommet de la petite colline surplombant Stone Gap. On était jeudi après-midi. La ville s'étendait à ses pieds, somnolente et immobile dans la chaleur de la fin de journée. C'était la seconde fois qu'il s'arrêtait sur ce parking en moins de deux semaines. Une fois pour dire bonjour. Et maintenant pour dire au revoir…

Le moteur ronflait doucement pendant qu'il réfléchissait.

S'il s'en allait, cette fois, ce serait sans doute pour un long moment. Le chantier du Maine prendrait au moins deux ans et, vue l'ampleur du projet, il n'aurait pas beaucoup de jours de congé.

« C'est ce que tu fais de mieux, Dylan, n'est-ce pas ? Partir ? »

Les paroles amères d'Abby hantaient ses pensées depuis mardi soir. Quand elle l'avait mis ainsi au pied du mur, une partie de lui aurait voulu s'en aller immédiatement, reprendre la route et aller dans un endroit nouveau où personne n'attendrait rien de lui.

Un endroit où il n'aurait personne à laisser tomber.

C'était bien ça le but, non ? Ne plus décevoir qui que ce soit. Mais qui avait-il réellement déçu jusque-là ?

Pas oncle Ty, qui lui avait encore dit ce matin qu'il avait

réussi à le tirer de son désespoir, qui l'avait longuement enlacé et remercié encore et encore pour tout ce qu'il avait fait.

Pas Cody non plus, qui était venu le voir au centre communautaire, ce matin, pour lui montrer fièrement son dernier devoir de maths orné d'un grand B souligné en rouge. Cody l'avait remercié de l'avoir aidé à comprendre les équations. « Merci aussi de m'avoir fait réfléchir quand j'étais perdu », avait-il ajouté, un peu gêné de son aveu.

Et puis Jake, qui était entré dans le centre en courant, l'appelant « oncle Dylan » avec tant de naturel qu'il avait senti sa gorge se nouer.

Enfin, il y avait Abby…

Dylan ne pouvait pas penser à elle sans sentir son cœur se briser. C'était elle, qu'il avait laissée tomber. C'était à elle qu'il avait fait du mal. Il pouvait encore voir les larmes perler au coin de ses yeux, entendre sa voix étranglée.

Bon sang !

Il resta très longtemps assis dans sa jeep, regardant Stone Gap se préparer pour la soirée. Les familles rentraient chez elles, s'asseyaient à table pour dîner ensemble et se raconter leur journée, plaisantaient… Après il y aurait le bain, les histoires racontées aux enfants…

Il démarra et se mit en route.

Dès que Abby se gara dans son allée, ce jeudi soir, les garçons sortirent de la voiture et se précipitèrent à l'intérieur avec la pizza qu'elle avait prise en quittant le travail et le dernier film de super héros qu'elle avait loué. Elle avait beau prétendre vouloir ajouter à leur quotidien un peu plus de spontanéité, ce soir, elle n'avait qu'une envie : se rouler en boule sous ses draps et pleurer.

Dylan était passé au centre, cet après-midi, pour dire au revoir aux garçons et à Ty. Il était aussi venu lui dire adieu, à elle. Il n'avait pas tourné autour du pot. Pas de fleurs, pas de romance. Ses paroles avaient été si brèves et dénuées d'émotion qu'il aurait tout aussi bien pu parler à son dentiste !

Son cœur saignait, ses yeux brûlaient, mais elle réussissait encore à mettre un pied devant l'autre. Elle devait être une mère responsable et construire une vie stable pour ses fils.

Après avoir installé les garçons devant leur film, elle se servit un petit verre de vin, chose rare en pleine semaine, et s'assit sous le porche pour le siroter.

Depuis combien de temps ne prenait-elle plus la peine de profiter des soirées douces de Stone Gap, comme ça ? Autrefois, elle adorait voir les lampadaires s'allumer, les parents rentrer du travail, les enfants faire une dernière partie de ballon avant le repas.

Ce soir toutefois, ce spectacle la rendit incroyablement triste. Elle but son vin en silence. Ne ferait-elle pas mieux de rentrer pour faire semblant de s'intéresser à un groupe de super héros en train de sauver le monde ?

Son téléphone sonna, et le nom de sa sœur apparut sur l'écran. Deux appels en une semaine ? Melanie devait s'ennuyer, ou avoir le mal du pays.

— Salut, Mel.

— Ça va ? Tu n'as pas l'air dans ton assiette.

— Je…

Qu'était-elle censée répondre ? « J'ai encore été abandonnée par un charmeur ? Je suis encore tombée amoureuse du mauvais homme ? »

— Je bois un verre et j'essaie d'oublier un homme, répondit-elle.

— Il y a toujours un homme pour te faire du mal, hein ?

Melanie soupira et ajouta :

— Il était gentil ?

— Oui. Et intelligent, patient avec les garçons. Mais il est… parti.

— Pour de bon ou juste pour le moment ?

— Je ne sais pas.

Elle n'était pas encore prête à accepter que Dylan puisse ne jamais revenir à Stone Gap. La partie la plus obstinée de son esprit s'accrochait encore à cette once d'espoir. La partie la plus stupide aussi, sans doute. Elle avait pourtant déjà retenu cette leçon amère une fois. Il fallait qu'elle oublie le fantasme qu'était Dylan et qu'elle accepte la réalité ! C'était très facile à dire…

— Si tu as vraiment trouvé un homme intelligent, gentil avec les garçons et qui te traite bien, ne le lâche pas, dit Melanie. Crois-moi, on ne rencontre pas ce genre de type à chaque coin de rue.

— Bon conseil.

Malgré tout, elle ne parvenait pas à se débarrasser de son désespoir. L'homme en question était déjà reparti. Comment pourrait-elle s'accrocher à lui quand il ne voulait pas rester ici ?

— Tu sais, je pense venir te rendre visite, reprit sa sœur. Je vais jeter un coup d'œil à mon emploi du temps et voir quand je pourrai me permettre de prendre quelques jours de congé. J'ai vraiment besoin de…

Elle parut hésiter.

— … De passer du temps avec toi.

Abby songea de nouveau à la journée de la veille et au bonheur de Jake quand il avait enfin retrouvé son frère. Pourvu qu'ils ne perdent jamais ce lien précieux en grandissant…

— Moi aussi, Mel. Moi aussi.

Elles discutèrent encore quelques minutes pendant qu'Abby descendait jusqu'à sa boîte aux lettres et revenait s'asseoir pour passer en revue le courrier du jour ainsi que celui de la veille et de l'avant-veille que, dans sa panique, elle avait complètement oublié.

Des factures, des publicités, des catalogues, un flyer annonçant l'ouverture d'un Spa dans la ville voisine.

Finalement, une enveloppe à fenêtre attira son attention. Quand elle eut raccroché, elle l'ouvrit et dut relire deux fois le courrier qu'elle contenait pour y croire.

Elle se leva et ouvrait la porte d'entrée pour passer un autre coup de fil à l'intérieur quand un éclat de phares illumina sa façade. Le véhicule roulait doucement dans son allée. Elle se couvrit les yeux d'une main pour mieux voir et se figea. Elle connaissait cette voiture.

Et l'homme qui la conduisait.

Dylan coupa le moteur et, après avoir pris quelque chose sur le siège passager, descendit de sa jeep.

Le cœur d'Abby fit un bond dans sa poitrine, et elle se répéta de rester prudente. Il voulait peut-être dire une nouvelle fois au revoir aux garçons. Elle posa son verre de vin près du fauteuil.

— En fait, annonça Dylan de sa voix sensuelle en s'avançant enfin vers elle, j'ai eu quelques problèmes, au moment de quitter la ville.

— Un problème de voiture ?

— Non.

Il lui apparut plus clairement dans la lumière du porche et elle vit enfin ce qu'il tenait dans ses bras. C'était un des chiots de la voisine, et pas n'importe lequel : celui que Jake avait baptisé Dudley.

— J'ai passé une bonne heure garé sur la colline, au-dessus de la ville, pour essayer de me décider à aller dans le Maine, reprit-il. Et en regardant les maisons, en bas, je me suis rendu compte que tout ce que j'ai toujours voulu se trouve ici, et pas à des milliers de kilomètres de là.

— Tout ce que tu veux ? Tu parles du chien ?

Elle n'osait pas espérer, pas encore. Elle avait même du mal à regarder Dylan dans les yeux. Elle voulut soudain lui parler de la lettre qu'elle avait reçue, lui annonçant qu'elle avait enfin décroché la subvention pour le centre communautaire… Mais cela ne l'intéresserait sans doute pas, s'il repartait.

— J'ai été idiot, Abby.

Il posa le chien dans le fauteuil puis lui prit les mains avec fièvre.

— J'ai passé toute ma vie à fuir cet endroit parce que je croyais le détester, expliqua-t-il. J'ai fini par comprendre que ce que je haïssais vraiment, c'était la personne que j'étais quand je vivais ici. C'était cet homme que je fuyais, les erreurs que j'ai commises, la réputation que j'avais ici. Hélas, la distance n'y aurait jamais rien changé. Je l'ai compris en revenant, en affrontant mon passé. En vous rencontrant, les garçons et toi.

Elle retint son souffle, ne sachant pas où cette conversation allait les mener. Tout ce qu'elle voulait, c'était qu'il continue de parler. De nouveau, elle sentit l'espoir envahir son cœur.

— Tu as transformé ma vie, Abby. Dès l'instant où nous nous sommes rencontrés, tu m'as regardé sans me juger. Tu m'as donné envie de toutes ces choses que je croyais ne jamais désirer. Une famille. Un chien. Et, plus important encore, une femme qui me contemple comme tu le fais.

Elle sentit sa gorge se nouer, l'empêchant presque de respirer.

— Et comment est-ce que je te contemple ? balbutia-t-elle.

— Comme si tu m'aimais.

Elle baissa les yeux très vite. Et s'il ne partageait pas ses sentiments ? Si elle se voilait encore la face ? Parce qu'elle l'aimait, oui, et elle n'aurait pas supporté qu'il la rejette.

Le chiot descendit maladroitement du fauteuil et donna un petit coup de patte à la jambe de Dylan. Il le prit contre lui puis se retourna vers elle, soulevant son menton pour croiser son regard.

— Moi aussi, je te contemple comme si je t'aimais, dit-il.

— Vraiment ?

Il sourit.

— Oui, vraiment. J'aime ta manière de rire et de sourire. J'aime ta manière de prendre soin de tes fils. J'aime ton talent pour la pêche et ton enthousiasme pour démolir un mur. J'aime ta simplicité et ta sincérité. Plus encore, j'aime les sensations que tu fais naître en moi.

— Lesquelles ?

— Avec toi, j'ai l'impression d'être rentré à la maison, Abby. Pour la première fois de ma vie.

Il repoussa une mèche de cheveux de son front. Son regard était si tendre qu'elle aurait pu en pleurer.

— Abby, j'ai fini par décider qu'il était temps pour moi de m'enraciner et de rester ici, à Stone Gap. Avec toi. Et Dudley, si tu veux bien de nous.

Elle les enlaça, le chiot et lui, et posa la tête sur son épaule. Tous ses rêves se réalisaient d'un seul coup. Elle repensa aux paroles de sa sœur : trouver un homme bien et ne pas le laisser partir. C'était exactement ce qu'elle allait faire !

— Dudley ! s'écria Jake en sortant en courant de la maison. Je le savais !

Oui, Abby allait s'accrocher de toutes ses forces à cet homme… dès qu'ils seraient seuls !

Dylan se pencha pour tendre le chiot à Jake, ne lâchant que lorsqu'il était sûr qu'il tenait bien la petite boule de poils contre lui.

— Dudley a besoin d'une nouvelle maison, dit-il. Tu crois que tu pourras lui offrir ça ?

Jake acquiesça de toutes ses forces. Encore et encore. À tel point que sa tête semblait prête à se détacher de ses épaules.

— Oui, je peux ! Je le promets !

— Tu sais, Jake, je crois que tu vas avoir besoin d'aide avec ce chien, reprit Dylan. Il faudra le promener et le dresser. Et il se trouve que je suis un très bon dresseur.

— C'est vrai ?

Le petit garçon leva sur lui de grands yeux émerveillés.

— Tu pourras m'aider ?

— J'en ai bien l'intention, mon grand.

Cody, intrigué par les voix, s'était approché et se tenait dans l'embrasure de la porte. Il regardait la scène en silence, d'un air à la fois rempli d'espoir, de crainte et de vulnérabilité. Son menton se redressa soudain, et il dévisagea Dylan avec une pointe de scepticisme.

— Tu es sincère ? demanda-t-il.

Abby rougit quand Dylan l'attira près de lui.

— Oui, répondit-il.

Cody le regarda encore un moment puis acquiesça avec un sourire furtif. D'un seul coup, la méfiance que Cody portait comme un T-shirt supplémentaire fondit. Il posa la main sur l'épaule de son petit frère.

— Et, crevette, comment as-tu appelé ce clébard, déjà ?

— Dudley. Et c'est pas un clébard ! Et moi je suis pas une crevette !

Cody éclata de rire.

— Je sais. Viens. Allons jouer dans le jardin avec lui un moment. Maman et Dylan ont besoin de parler.

Les garçons s'éloignèrent en discutant joyeusement du chien, de la niche qu'il faudrait construire et se disputant un instant pour savoir qui le promènerait en premier.

Abby et Dylan rentrèrent. Une brise parfumée les accompagna à l'intérieur, une brise qui avait la douce odeur du bonheur.

— Alors, où en étions-nous ? demanda Abby.

— J'en étais…

Il l'attira dans ses bras.

— … Juste là. Exactement à l'endroit où je veux être.

Il l'embrassa enfin, lentement, tendrement, tandis que les oiseaux nocturnes lançaient leurs premiers appels.

Toutes les familles du quartier rentraient pour la nuit. Le grand-père d'Abby appelait ce moment « l'heure magique » et, en se pelotonnant contre Dylan, elle songea qu'il avait raison. Tout était absolument parfait.

Épilogue

La subvention accordée au centre communautaire leur avait apporté assez d'argent pour réparer le toit, ajouter une salle de jeux, d'autres sanitaires et quelques ordinateurs que les enfants utilisaient pour faire leurs devoirs. Chaque jour, le centre bourdonnait de vie, comme autrefois. Ty était un homme nouveau, divisant son temps entre son travail et les moments qu'il passait à améliorer ses talents de pêcheur.

Dylan, campé au milieu du centre, contempla les gamins heureux qui couraient dans tous les sens. Il s'était installé comme artisan et avait déjà décroché deux contrats dans les villes voisines. Il travaillait à temps partiel au centre avec son oncle, s'arrangeant avec ses horaires pour y être presque tous les après-midi.

— Hé, Dylan, j'ai une idée !

Il se retourna et vit Cody. L'adolescent s'était épanoui, ces derniers temps. Ses notes s'amélioraient, son regard pétillait. Il était heureux. Il travaillait avec Dylan pendant les week-ends et semblait avoir un instinct inné pour la construction.

— Quoi donc ?

— Tu voudrais bien me laisser m'occuper du groupe des ados, aujourd'hui ? Je me disais, tu sais… que ça pourrait marcher si on parlait d'égal à égal.

Dylan acquiesça.

— C'est une excellente idée. Vas-y.

Cody sourit puis alla s'installer sur une chaise, au milieu des canapés. Il sut capter en quelques instants l'attention des autres et bavarda un peu avec eux avant d'aborder le sujet des études et des notes.

— Vous savez, dit-il, j'ai du mal à l'admettre et je ne le ferai sans doute jamais devant ma mère, mais faire ses devoirs correctement rend vraiment les choses plus faciles. Je commence même à envisager d'aller à la fac.

Les autres gamins se moquèrent de lui.

— Pourquoi aller à l'école plus longtemps que nécessaire ? lança Matt.

— Parce que ça nous ouvre des portes. Ça nous donne des opportunités, plus de choix. Et j'aime bien l'idée d'avoir le choix. Vous ne voulez pas plus d'options pour mener votre vie comme vous voulez ?

Les autres acquiescèrent, et le groupe se mit à parler travail et fac. Il y avait encore quelques gosses récalcitrants dans le lot, mais la plupart soutinrent Cody.

— Il devient un vrai leader, murmura oncle Ty à l'oreille de Dylan.

— Oui. Je suis fier de lui.

C'était vrai. Étrange, étant donné qu'il n'était pas vraiment le père de Cody. Mais il endossait de plus en plus ce rôle auprès des fils d'Abby, au fil des jours. Il les emmenait régulièrement à la pêche. Il leur avait organisé quelques week-ends au vieux camping et était même allé visiter le musée d'histoire naturelle avec Jake pour lui montrer des squelettes de dinosaures. À chaque fois qu'ils partageaient un moment, un lien plus fort se tissait entre eux. Au final, il avait presque l'impression que les garçons avaient toujours fait partie de sa vie.

— Il me rappelle quelqu'un d'autre que j'ai connu à cet

âge, reprit Ty en lui donnant une tape dans le dos. Tu as fait du bon boulot, fiston. Cet endroit est méconnaissable.

— C'était un travail d'équipe, tu sais.

Ty sourit.

— Et on a une sacrée bonne équipe, tu ne trouves pas ?

— Oh oui, une sacrée bonne équipe…

Entre les garçons, Ty, Abby et lui, le centre était devenu un endroit nouveau, encore plus actif qu'avant. Le portrait de tante Virginia était accroché au mur, et son sourire semblait dire qu'elle était ravie de voir son héritage se poursuivre ainsi.

La porte d'entrée s'ouvrit, et Abby apparut avec Jake. Dudley les suivait de près, encore pataud avec ses trop grosses pattes, mais ravi d'accompagner le jeune maître qui le gâtait tant. À la vérité, Abby et Dylan n'étaient pas en reste non plus, et Cody lui glissait parfois des petites choses à grignoter sous la table du repas. Le labrador était une addition idéale à leur petite famille.

Elle s'arrêta quand elle le vit et le gratifia de ce beau sourire qu'il aimait tant.

Il tapota sa poche avant de s'avancer pour la prendre dans ses bras.

— Je suis content de te voir.

— Désolée pour le retard. Ma présentation a duré une éternité, mais tout a bien marché. L'agence a décroché le contrat et m'a chargée du dossier ! dit-elle, rayonnante.

— C'est super ! Je suis tellement content pour toi !

Dylan ébouriffa la tignasse de Jake.

— Et toi, alors ? C'était bien, à l'école ?

— On a parlé de dinosaures ! Tu savais que les personnes qui les étudient sont des pale-on-tologues ? C'est ce que je veux faire quand je serai grand ! Ou peut-être vét… vétérinaire. Parce que j'adore les chiens !

— Pourquoi pas les deux ? suggéra Dylan avant de lui

indiquer d'un geste l'atelier arts plastiques. Je crois que Mavis t'attend.

— Super !

Jake se précipita vers la table autour de laquelle étaient rassemblés les petits. Le chien le suivit avec entrain et se coucha sous sa chaise.

Dylan prit alors la main d'Abby avant qu'elle s'enferme dans le bureau pour travailler encore un peu.

— Attends. J'aimerais te montrer quelque chose.

— OK.

Il la conduisit jusqu'à l'endroit où ils avaient posé une nouvelle cloison, tous les quatre. Son cœur tambourinait dans sa poitrine, mais il restait sûr de lui, confiant. En fait, il n'avait jamais été aussi sûr de lui qu'en cet instant.

— Il y a un souci avec ce mur, dit-il. Il a peut-être besoin de fondations plus solides. Tu veux bien y jeter un coup d'œil et me dire ce que tu en penses ?

Abby recula d'un pas pour embrasser la cloison du regard.

— Je ne vois pas de problème.

Elle s'interrompit puis regarda de plus près. La confusion qui emplit ses yeux céda finalement la place à une prudence teintée d'espoir.

— Attends…, murmura-t-elle. Il y a quelque chose écrit sur ce mur…

Le temps qu'elle lise les quelques mots que Dylan avait griffonnés plus tôt, il avait mis un genou en terre et avait sorti l'écrin de velours de sa poche. Elle se retourna vers lui et le dévisagea un instant avec de grands yeux.

— Dylan… Qu'est-ce… Qu'est-ce que tu fais ?

— La seconde meilleure action de ma vie. La première, ça a été de renoncer à ce contrat dans le Maine.

Il lui tendit l'écrin ouvert.

— Abby, veux-tu m'épouser ?

Un sourire, plus lumineux que tout ce qu'il avait vu

jusque-là, s'épanouit sur ses lèvres. Elle n'hésita qu'une seconde avant de s'écrier :

— Oui, Dylan, oui ! Bien sûr que je veux t'épouser !

Il poussa un cri de joie puis se releva pour passer la bague à son doigt. Puis il alla appeler les garçons – ses garçons. Il leur avait parlé très sérieusement, la veille, leur demandant la permission d'épouser leur mère. S'ils avaient hésité, il aurait attendu. Mais ils avaient été ravis. Quand Jake lui avait demandé s'il pourrait l'appeler « papa », il avait failli fondre en larmes. Ils étaient ses garçons, à présent, pour toujours. Cette famille était la sienne. Il avait l'impression de sentir son cœur s'envoler.

— Cody ! Jake ! Elle a dit oui !

Les deux frères se précipitèrent vers eux pour un câlin de groupe.

Ils restèrent un long moment ainsi, enlacés devant ce mur qu'ils avaient reconstruit ensemble. À présent, le moment était venu de se bâtir une nouvelle vie à quatre. La famille que Dylan avait toujours voulue et le foyer qu'il avait cherché sans le savoir dans tout le pays l'attendaient en fait dans ce lieu qu'il avait quitté et vers lequel il était enfin revenu.

Retrouvez prochainement, dans votre collection

Harmony

Le père idéal, de Christine Rimmer - N°28

Logan Crawford a tout de l'homme idéal : du haut de son stetson jusqu'à la pointe de ses bottes, il est le cow-boy le plus gentil et le plus sexy que Sarah ait jamais rencontré. Le plus dangereux, aussi. Maman célibataire d'une adorable Sophia, elle n'a pas le droit de succomber au charme d'un homme tel que lui, qui se refuse à tout engagement. Car ce n'est pas seulement son cœur qui est en jeu, mais également celui de son bébé…

La famille du lac de Côme, de Katrina Cudmore - N°29

Spécialiste des troubles du sommeil chez l'enfant, Carly est habituée à gérer des parents irascibles. Or Maximiliano Lovato ne se contente pas d'être exigeant, il est aussi habitué à ce que tout le monde se plie à sa volonté. Pour preuve : ne vient-il pas de lui demander de les accompagner, son bébé et lui, au lac de Côme ? D'abord tentée de refuser, Carly, charmée par le doux sourire de la petite Isabella, finit par céder à cette proposition inattendue…

La tendre promesse d'un Italien, de Nina Singh - N°30

Si Brianna et Marco se sont mariés, c'est uniquement pour le bien de l'enfant qu'ils ont conçu ensemble. Mais les mois ont passé, et Brianna a compris qu'elle désirait la seule chose que son époux était incapable de lui donner : l'amour. Alors, le cœur lourd, elle a quitté l'Italie avec son fils. Quelle n'est pas sa surprise lorsqu'un jour Marco débarque chez elle ! Furieux de son départ, il est venu réclamer sa famille en rappelant à Brianna la promesse qu'ils se sont faite devant l'autel…